天国までもう一歩

A Step from Heaven

アン・ナ 著
代田亜香子 訳

白水社

天国までもう一歩

父と母に

海のあわ

もうちょっと近づいて、ヨンジュ。足だけでいいから。そう、そのまま。

冷たい。水、冷たいよ。わあ、あたしのつま先、魚みたい。ね、こっちきて。早く。みて。

どうしたの、ヨンジュ？

あたしのつま先、みて。海のなかで泳《およ》いでるでしょ？　魚みたい。

うん。小さくてぷくぷくした魚だね。

ひゃーっ！　くすぐったい。

さあ、こっちにおいで。しっかり脚《あし》を巻きつけてつかまって。波にのる準備《じゅんび》はいい？

つかまえてて。つかまえてて。

だいじょうぶ。ほら、あっちをみてごらん、ヨンジュ。波がダンスしているよ。ね？　しっかりつかまってて。あそこまでいこう。

いや。いかないで。深いよ。もどろう。

しーっ、ヨンジュ。こわくないから。勇気《ゆうき》をださなきゃ。ほら、つかまえているから。

いや、いや。もどって。

ヨンジュ、勇気をだすんだよ。ほら、こんな小さい波なんだよ。だいじょうぶ。ぜったいはなさないから。さあ、勇気、だしてくれるかな？

やってみる。

いい子だ。ほら、波がくる。きたきた、こしてごらん。ぽーん。ほーら、できた。これでもまだもどりたい？

もう一回。もう一回する。また波がくるよ。

よーし、勇気がある子だ。ヨンジュ、首につかまって。いくよ。ほら、ぽーん。

あたしは海のあわ。ぷかぷか、ぷかぷか、浮かんでる。夢のなかで。

こんな重荷

アパはきげんが悪い。

オンマもきげんが悪い。

ハルモニは、年とってて、毛布《もうふ》みたいな眠《ねむ》そうな顔《かお》をしてる。ハルモニはいう。昔《むかし》、アパもおまえみたいに小さかったころは、わたしのいうことをきいたんだけどねぇ。今じゃもう、さっぱりだけど。

このごろハルモニは、アパが道ばたに転がってるびんの中身《なかみ》みたいなにおいをさせて夜おそくに帰ってきても、だまって首をふるだけ。くちびるをぎゅっと結んで、オンマとあたしといっしょにかくれる。アパがまゆをよせてひと言も口をきかないときは、寝《ね》ちゃうまで顔を合わさないほうがいいからだ。でなきゃ、あっちこっちで物がこわれる音がひびきはじめる。ハルモニはいつもいってる。おまえのアパは、たんとこらしめてやらなきゃいけない。ハラボジさえ生きていてくれたらねえ。

だけど、オンマは眠ってるふりをするのがいやになって、部屋《へや》をでていくことがある。あたしはオンマの腕《うで》を引っぱる。ふとんのなかにもどそうとする。オンマはあたしの手をふりはらって、障子《しょうじ》をあける。まっくらな夜みたいにしんとした声で、オンマはたずねる。今までどこにいってたんですか？

あたしはふとんの下にかくれてる。物がこわれる音がすごく大きくひびいてくるからだ。手で耳をおおっても、音はあたしの頭のなかにはいってくる。胸《むね》のあたりにいすわって、心臓《しんぞう》をドンドンたたくから、目から海の水みたいなものがしみだしてくる。ハルモニはあたしをひざにのせてゆする。そしてハラボジの写真に話しかける。こんなことになってるんですよ。どうしてわたしをおいていっちゃったんですか？　こんな重荷《おもに》を背おわせたまま。

神さまにしかできない

祈《いの》りなさい。ハルモニはいう。神さまにお祈りすれば、なにもかもよくなるから。閉じてある本みたいに、両手をぴったり合わせてごらん。そう。そうしたら、前に教えたとおりにいうんだよ。ヨンジュ、おぼえてる？　天にましますわれらが父よ。

ハルモニ、天ってどこ？

天国っていうのは、ハラボジがいるところ。ハラボジは、いい人しかいない愛《あい》にあふれた場所で、神さまのそばにいるんだよ。

そこ、あたしもいける？

いつかね。お祈りして、神さまを愛していれば。ヨンジュ、神さまを愛している？

うん。あたしは答える。ほんとうは教会《きょうかい》で、丸くて黒いお金みたいな目をした神さまの絵をみると、長いすのうしろにかくれたくなるけど。でも、天国にいってハラボジに会いたい。だから、神さまを愛するようにがんばってみる。

天国ってこの近く？　明日《あした》いける？

ううん。天国は遠いお空の上にあるんだよ。さあ、わたしが聖書《せいしょ》を読むからお祈りをなさい。

あたしは目を閉じて、両手をぴたっと合わせる。ハルモニのまねをしてくちびるを動かしてみるけど、声はださない。神さまって、これでもきこえるんだから、すごく耳がいいんだな。

天にまします神さま。

思いだせたのはこれだけ。あたしは目をあける。ハルモニは体をゆらしながら、聖書を読んでる。神さまがどういうふうにあたしたちのところにおりてきたかって話。地上にいるときだけ、神さまはイエスって名前になる。どうしてあたらしい名前なんか考えだしたんだろう？　あたしもあたらしい名前がほしいな。だけどハルモニは、ばかなことをいうんじゃない、っていう。

あたしは、テーブルの上でろうそくにかこまれているハラボジの写真をじっとみる。ハラボジは、ひなたぼっこしてるネコみたいなとろんとした目をしてる。やさしそうな目。あたしのハラボジ。アパも同じ目をしてる。髪《かみ》の毛も同じ。黒くて、前のほうがつんつん立ってて、うしろ側がぺったんこ。あたしは目を閉じて、両手をぴたっと合わせる。

ハラボジ……あたしは声をださないでくちびるだけ動かす。天国で神さまのそばにいるなら、ハラボジもあたしの声がきこえるよね。ハルモニが、アパはたんとこらしめてやらなきゃいけないけど、ここじゃだれもできる人がいないっていってるの。お願《ねが》い、神さまをここによこして。神さまはまたイエスさまになって、アパをこらしめてくれるでしょう？　そうしたら、アパはいつもやさしくなるはず。ミシをうちにつれて帰ってきたときみたいに。あのときオンマが、こんな犬は飼《か》えないっていったら、アパはいった。でも、まだほんの子犬じゃないか、って。そうして、子犬の顔をまねした。オンマは笑って、アパの肩《かた》をぽんと押した。オンマはいった。この犬、あなたそっくりね、ついてきちゃったのもむりないわ、って。それでミシはうちにいることになって、あたしの友だちになった。あたしは、アパがやさしくて、オンマが靴《くつ》がきゅっきゅって鳴ってるみたいな笑い声をたてるのが好き。アーメン。

目をあけると、ハルモニがどうしたんだろうって目でこっちをみてた。

ずいぶん長いお祈りだったね。ハルモニはいって、ページをめくる。なにを祈ってたんだい？

神さまがおりてきて、アパをこらしめてくれますようにって。

ハルモニは聖書を両手でしっかりかかえる。そして、小さい声でいう。それができるのは神さまだけだね。

ミグク

　ミグク。それは魔法《まほう》のことば。そのことばをきくと、まるでえらい人にドアをノックされたみたいに、オンマとアパはけんかをやめる。ひもでしばってある濃《こ》い茶色の箱。まんなかに大きい黒い文字が書いてあって、どの角にも小さい絵がついてる。この箱はミグクからくる。コモが送ってくれるんだってオンマがいってた。コモは、アパのお姉さん。アパのオンニ。箱のなかには、あたしにくれたおもしろいおもちゃがはいってる。音楽がチリンチリン流れてくるものとか、顔《かお》と髪《かみ》が虹《にじ》色にぬってあるこわいお人形が飛びでてくる箱とか。

　アパはいう。ミグクじゃ、町のいい学校をでてなくてもたくさんお金をかせげるって。オンマはいう。ミグクの女の人はお人形みたいにきれいで、みんな大きい家に住んでるって。村にある魚の加工場《かこうじょう》の工場長さんの家よりもずっと大きいんだって。ひとつ上の友だちでいつもあたしにいばりちらすジュミまで、ミグクにいってみたいっていってる。

　ある日アパは手紙をうけとって読むと、オンマをぎゅっと抱きしめた。オンマは泣いてた。それからアパはミグクのことをいうたびに、にこーって笑う。子犬みたいな顔で、ミシそっくり。夕ごはんを食べてるとき、アパとオンマが話すのはミグクのことばっかり。お茶わんを持ったまま、いじわるそうな目をしなくなった。あたしも、ごはんがちゃんとおなかのなかにはいるようになった。ふたりとも、このままずっとミグクの話をしててくれればいいのに。

ミグクは最高にすてきなことば。海よりも、キャンディよりもいい。だけど、ジュミの家にコモからもらったあたらしいボールを持ってあそびにいったとき、ジュミがあたしをドンとついた。

ジュミがいう。あんた、ミグクに引《ひ》っ越《こ》すんでしょ。かわいそうにね。だって、ぜんぶここにおいてかなきゃいけないんだもん。

あたしはボールをつきながら思う。ジュミはなにをいってるんだろう。いつもへんなことばっかりいうんだから。ジュミはあたしからボールをとりあげて、声をはりあげる。きこえなかった？引っ越すんでしょ。

え？ あたしは大きな声でききかえして、ボールをとりかえそうとする。

バカじゃない。あんた、ミグクに引っ越すんだよ。

ううん、そんなことない。あたしはいう。引っ越すってどういう意味かもわからなかったけど。

バカな子。自分が引っ越すことも知らないで。今日、あんたのオンマがうちのオンマにいってたんだから。あー、あんたが引っ越してくれてうれしい。これでもう赤ん坊とあそばなくてすむんだもん。

ジュミったら、笑ってないのに、どうしてうれしいっていうんだろう。あたしはいそいでうちにもどってオンマをさがす。

オンマは、庭《にわ》でせんたくものをしぼってた。あたしはオンマの腕《うで》を引っぱっていう。オンマ、ジュミが、あたしたちがミグクに引っ越すっていってるの。

おすわりなさい。オンマはいって、しゃがむ。おしりを地面すれすれに落として、ひざを上にむけて。

あたしもオンマのとなりにしゃがむ。

ヨンジュ、わたしたちはもうすぐミグクに引っ越すの。

えっ。引っ越すってどういうこと？

ここ何日か、アパとわたしは夕ごはんのときにミグクの話をしていたでしょう？

うん。だけど、引っ越すなんていってなかったよ。それって、オンマのアパとオンマのところにいったときみたいに、コモに会いにいくってこと？

ううん。引っ越すっていうのは、あなたのウェハルモニとウェハラボジに会いにいくのとはわけがちがうの。引っ越すっていうのは、ずっとミグクでくらすってことなのよ。

ずっと？

そう。

ミグクってどこにあるの？　ジュミに会いにもどってこられる？

　オンマはあたしの髪をなでる。ううん、ヨンジュ。ミグクは海をこえてずっと遠くにあるの。飛行機《ひこうき》にのって空を飛ばないといけないのよ。だからしばらくは、ジュミには会えなくなるでしょうね。オンマはゆっくり立ちあがる。アイグ……長いあいだしゃがんでて脚《あし》がいたくなると、オンマはいつもこの声をだす。

　あたしはしゃがんだまま考える。毎日会えなくなったら、ジュミはあたらしい友だちを作っちゃうだろうな。赤ん坊じゃない子。茶色い小石みたいな歯をしたあの最近《さいきん》きた子かもしれない。それに、あたしの家はどうなるの？　巣《す》の上にちょこんとすわってるめん鳥みたいな形をしたあたしの小さい家は、だれがみるの？　ジュミや、海の近くのあたしの家をおいていくって思うと、心がちくちくする。棒《ぼう》でつつかれてるみたい。イタタ。

　そのとき、空が目にはいった。空を飛ぶっていってたな。上へ、上へ、上へ。そうか、どこへいくのかわかった。わーい、ミシみたいにしっぽをふりながら走り回りたい。神さまは空にいる。ミグクって、天国にあるんだ。天国なら、ずっと前からいきたかった。聖書《せいしょ》に書いてあったとおりなんだ。神さまを愛《あい》している人はみんな、いつか天国にいける。神さま、愛してます……あたしはささやく。天国では毎日、日曜日用の服を着なきゃいけない。神さまにきれいだって思ってもらえるように。ジュミは、あたしのことがうらやましいからおこってたんだ。ジュミはいつもきれいなかっこうをしたがってるのに、ジュミのオンマは教会《きょうかい》にいくときしかよそいきを着させてくれないから。

オンマがぬれた服《ふく》を干《ほ》している。カモメの羽みたいな、くすぐったいような声でそっとうたってる。あたしはあんまりびっくりして、目玉が飛びだしちゃうかと思った。オンマが歌をうたってるとこなんか、みたことない。教会でも。歌をうたうといっぱい心を使うから、神さまにささげるよゆうがなくなるっていってる。

オンマ、なんの歌？

ア・メ・リ・カ。

それ、なに？

ミグクのこと。

ミグクは魔法のことば。

カール

今日《きょう》オンマに、いちばんいい服《ふく》を着なさいっていわれた。お日さまみたいにきらきら光るボタンがついてる服。ジュミにつきとばされて、ひじのところに小さい穴《あな》があいちゃったけど。オンマがいう。それしかよそいきを持ってないんだから、とりあえずそれを着なさい。腕《うで》をあんまり高くあげないようにするのよ。

おもてでオンマを待ってるとき、ミシがしっぽをふってたけど気づかないふりをした。よごしちゃだめよ、オンマにそういわれてる。するとミシは、おなかをみせてごろんとなる。

みてみて、あたしのおなか、とミシがほえる。

一回なでるだけだよ。

ミシがあたしの手をなめる。

オンマが、ドアをするっと閉める。どうしてミシとあそんでるの？　よごしちゃだめっていったでしょう。行きましょう。おそくなっちゃうわ。

オンマは、おでかけ用のはでな服を着てる。長い髪《かみ》が風になびいてる。オンマはたいてい、髪をぬれたせんたくものみたいにぎゅっとねじって、公園《こうえん》にあるお釈迦《しゃか》さまの像《ぞう》みたいに頭のてっぺんでひとつにまとめてる。だけど今日は仕事がない日。今日は、ミグクにいくためにあたしをきれいにしてくれる大事《だいじ》な場所にいくんだって。

あたしはきれいになんかなりたくない。きれいってのは、よそいきを着てるからあそんじゃいけないってこと。それからオンマに、ぬらしたくしで髪をぐいって引っぱられること。オンマは目をつぶっちゃうまであたしの髪を引っぱって、リボンでたばねて、とてもきれいよっていう。きれいになって、どんなにいい子かみんなにわかってもらわなきゃいけないときもあるんだって。

オンマに手を引かれて、あたしは早足で歩く。でなきゃ、オンマにおこられて、うれたスイカをたたくみたいに頭をぱこーんってされる。あたしはオンマの靴《くつ》が道とおしゃべりしてるのをながめてる。

コッ、コッ、コッ。

ぴかぴか光る、夜の空みたいな靴。

コッ、コッ、コッ。

あたしもつま先立ちで歩けるよ。

コッ、コッ、カール。

カール？　オンマ、今なんていったの？　あたしはたずねる。

まったくヨンジュは！　人の話はしっかりききなさいっていったでしょう。いつだって、人が大事な話をしてるときにぼーっと空想《くうそう》ばかりしてるんだから。アジュンマに髪をカールしてもらうのよ。そうすれば、ほんもののミグクの女の子みたいになれるんだから。

カール？　なに、それ？　オンマ、それ、どんなもの？

カールというのはね、こんな形。オンマは指を立てて、ぐるぐる回す。そしてあたしの目をのぞきこむ。海の波を想像《そうぞう》してごらんなさい。

あたしはうなずく。

波って、まるで陸地《りくち》をさがしてるみたいにもりあがって、岸の近くまでくると、またすとんと低くなって海にもどっていくでしょう？　あのとき輪っかみたいな形ができるわね？　あれがカール。

オンマ、あたしの髪がカールになるの？　あたしは髪の毛をつまみあげる。

そう。うれしいでしょう？　コモが、ミグクではカールした髪をしてる人が多いっていってたの。

コモも髪をカールしたんだって。

じゃ、オンマもカールするの？

オンマはあたしの質問《しつもん》をきいて笑う。いつもだったら、くちびるをかんで鼻《はな》の穴を魚の口みたいに広げて、もう質問はたくさんっていうのに、今日はちがう。

オンマはあたしを抱《だ》きあげて、ぎゅっとする。わたしはもういい歳《とし》だから、いまさら自分を変えられないの。

あたしはオンマの長い黒髪をいじる。指に巻きつけてみる。

ヨンジュ、よくきいて。

あたしはオンマの髪であそびながら考える。いつか、ロープよりも強い髪の毛になろう。

ミグクでは、大きくなったらなんでも好きなものになれるのよ。

そうだ、凧《たこ》みたいに軽くて風にふわふわうかぶ髪になろうかな。一歳《さい》の誕生日《たんじょうび》に着た絹《きぬ》の上着よりもすべすべしてる髪。

あなたはね、わたしの希望なの。

あたしはオンマの髪をつかんで目を閉じる。寝《ね》る前にやるみたいに大いそぎでお祈《いの》りをする。お願《ねが》いです、神さま、天国の父なる神さま、あたしの髪をカールさせないでください。

オンマはあたしの鼻をつねって笑う。どうしてハルモニみたいに顔《かお》にしわをよせてるの？

あたしをきれいにしてくれる大事な場所にはいる前に、オンマはあたしの髪にリボンをつけた。それからあたしの髪を耳のうしろにたくしこむ。これでよし、オンマはいって、ドアをあける。なかにはいる。うわー、鼻がもげちゃう！　こんなとこ、いい場所のはずがない。いやなにおいがぷんぷんしてる。ハルモニが服を石けん水でぐつぐつ煮《に》てるときよりひどいにおい。オンマはあたしの鼻をみて、まゆをよせる。あたしは鼻にしわをよせないようにがんばる。

アジュンマがカーテンのむこうからでてきて、はきはきとオンマにあいさつする。おじぎをしながら、歯についた食べ物を舌《した》でとろうとしてる。オンマもおじぎをして、あたしを前に押しだす。あたしがおぎょうぎいいところをみせるために。あたしは鼻にしわをよせないように気をつけながらいう。アンニョンハセヨ。そして、深いおじぎをする。アジュンマはあたしの頭をなでて、ずっと歩いてきたなんていい子ね、っていう。

髪をカールしてもらいにきたんです。オンマがいう。

ええ、ご主人から、いらっしゃるとうかがっています。どうぞおかけください。道具《どうぐ》を持ってまいりますから。

アジュンマがカーテンのむこうにいっちゃうと、あたしはオンマの手を引っぱる。あたし、まっすぐな髪がいい。あたしももういい歳だから、いまさら変われないよ。ミグクの女の子みたいになんかなりたくない。アジュンマがもどってくる前に帰ろうよ。

オンマは下くちびるをかんで、鼻の穴をふくらませる。ヨンジュ、どうしてそんなバカなことをいうの？　わたしたちは、あなたに最高の教育《きょういく》をうけさせるためにミグクにいくのよ。そうすれば将来《しょうらい》あなたは、漁師《りょうし》の奥さんでおわらずにすむの。オンマは両手をさしだす。この荒《あ》れた手をみてごらんなさい。わたしが前からこんな手をしてたと思う？　こんなふうになりたいの？　オンマはネコの舌みたいにざらざらした指であたしのほっぺたをさわる。アパは、子どもにこんなお金のかかる髪型《かみがた》をさせることはないっていっていたけど、わたしが説得《せっとく》したの。ミグクの女の子みたいになるのがどんなに大切《たいせつ》なことか、わかるでしょう。ヨンジュ、もう子どもじゃないんだから、わかるわよね？

うぅん。あたしは泣く。カールなんかいや。

オンマはあたしの肩《かた》をつかむ。どうしちゃったの？　ききわけよくなさい。ほら、アジュンマがもどってくるわよ。

あたし、カールした髪なんかやだ。いや、いや、いや。

オンマが手をあげる。手のひらを広げて。へらみたいに。ヨンジュ！

オンマ、やだ。

ヨンジュ。

あたしは息をとめる。

オンマはまだ手をおろさない。ヨンジュ、いい子になる？

あたしは息をのんでいう。うん。

オンマは心配事《しんぱいごと》があるときいつもするようにほっぺたをさすりながら、アジュンマにいう。ほんとうにお恥《は》ずかしいですわ。わがままな娘《むすめ》で、もうしわけありません。

いいんですよ。アジュンマがいう。近ごろのお子さんはなにかとむずかしいものですから。さあヨンジュ、こっちにきてすわって。

あたしはじっと床《ゆか》をみつめたまま、赤いいすに近づいていってすわる。アジュンマがあたしのリボンをはずす。髪の毛が顔のまわりにかかる。ほっぺたがくすぐったい。あたしは目を閉じる。髪をカールさせるのは、すごく時間がかかる。アジュンマとオンマは、ずっとミグクの話をしてる。髪をとかす。ミグク。引っぱる。ねじる。ミグク。せんたくの水みたいなくさい水を髪にかける。ミグク。あたしはさっき食べた朝ごはんをげーってやりそうになる。

アジュンマがあたしの髪を洗って、タオルでふく。あたしの頭をあちこち指で押す。さあ、立ってみて。目をあけていいわよ。ほら、できあがり。髪の毛、とってもきれいになったわ。

あたしは立つ。だけど目はあけない。こわい。髪の毛が耳のあたりをくすぐってる。ほっぺたじゃなくて。

ヨンジュ、こっちにいらっしゃい。オンマがいう。

足に、動いてって命令《めいれい》するけど、床にはりついたまま。あたしは目をあけて、なんとか足を動かしてオンマのところまでかけていく。そしてオンマのスカートで顔をかくす。いいにおい。アパが、山にあたしよりも背《せ》の低い木をみにつれてってくれたとき、こんなにおいがした。オンマがあたしの髪をさわる。

ヨンジュ、鏡《かがみ》をみてごらんなさい。かわいらしいカールだこと。オンマはあたしの肩をつかんで、回れ右させる。

　この女の子、だれ？　あたしじゃない。髪の毛がすごくふくらんでる。木の茂《しげ》みみたいにもりあがってて、虹《にじ》色の顔をしたあのお人形の髪そっくり。こんなのがカールだなんて、きいてない。海みたいだっていってたのに。あたしは、みにくい大きな頭をしたお人形みたいな髪の、ミグクの女の子。

　どう、ヨンジュ？　オンマがにっこりする。歯をみせてうれしそうに笑ってる。ミグクのことが書いてある手紙を読んでるときみたいにうれしそう。あたしをみて、うれしそう。いつもオンマからは、うそをついちゃいけないっていわれてるし、ハルモニからは、うそをつくと神さまがすごくおこるってきいてるけど、あたしはオンマに、歯をみせてにこーっとしててほしい。

　ヨンジュ、カールした髪、気にいった？

　あたしは床をみつめる。うん。雪みたいにしんとしたうそをつく。

天国を待ちながら

このバスきらい。ぼんぼんはずんだりごとごとゆれたり、荒《あ》れた海にうかんでる舟《ふね》みたい。あたしはオンマのシャツを引っぱる。ね、このバスいつミグクに着くの？

これはバスじゃない。アパが答える。飛行機《ひこうき》っていうんだ。さあ、眠《ねむ》りなさい。オンマを困《こま》らせるんじゃない。着いたら起こしてあげるから。

あたしはミグクいきのために買ったワンピースについてるリボンをいじって、アパと目を合わせないようにする。アパ、おこりだすかもしれない。スカートのひざのところをさすってみる。うさちゃんの毛皮よりもすべすべ。色は、お日さまが沈《しず》む直前《ちょくぜん》の空の色。ハルモニがのんびりする時間。散歩したり、大昔の話をしたり。ハルモニはいってた。このワンピースをみて、わたしのことを思いだしておくれ。これをみれば、ふたりで散歩したときのことがうかんでくるだろう。

なでながら、このワンピースがハルモニだったらいいのにって思う。ハルモニが、すわってるめん鳥みたいなあの家にひとりぼっちでいると思うと、まだ髪《かみ》もはえてないジュミの妹よりも大きい声でわんわん泣きたくなってくる。

ミグクでやり直せるのは、若い人だけだよ。ハルモニはいった。からからに乾《かわ》いた魚の骨みたいな老人がいく場所じゃない。

どうしてミグクが、アパとオンマとあたしだけの場所なのか、わかんない。神さまは、だれでも天国にいけるっていってた。きっと神さまって、すごいうそつきなんだ。ハルモニがいけないなら、あたしだっていきたくない。ハルモニといっしょにうちにいたい。

バスが大きくはずむ。ボンッ！　神さまが、うそつきっていわれておこってるんだ。あたしがミグクにいきたがってないのがわかったんだ！　あたしは目をぎゅっと閉じて、お祈《いの》りする。天国にいらっしゃる神さま。ごめんなさい。あたしは、白いドレスを着て空中を飛んでいるきれいな天使がどうしてもみたいです。どうしてもハラボジに会いたいです。

ボンッ！　あたしは目をあけて、オンマのシャツにしがみつく。オンマのひざの上にのっかろうとする。でも、むり。じょうぶなロープに体を押さえつけられてる。

オンマ。オンマ、助けて。

オンマが片方の目をあける。それからもう片方。どうしたの？　どうして起きてるの？

神さまがおこっちゃった。あたしがハルモニといっしょじゃなきゃミグクにいきたくないっていったから。

しーっ、バカいうんじゃないの。神さまはおこってなんかいませんよ。さあ、寝《ね》なさい。歌をうたってあげるから。

オンマ、みんな天国にいけるの？

ええ。神さまの子ならね。

ハルモニは神さまの子？

ハルモニは、最初にシン牧師《ぼくし》から神さまの言葉《ことば》をきいたのよ。

じゃ、ハルモニも天国にいける？

ええ、ヨンジュ。ハルモニもいつかいくはずよ。さあ、目を閉じて。眠っていれば、それだけ早くミグクに着けるから。

あたしはにっこりする。ハルモニもミグクにくる！　若い人たちだけじゃなかったんだ。あたしは目を閉じる。オンマが山のうさぎの歌をうたってくれる。あたしの好きな歌。でもいままでは、あたしの背中《せなか》をさすって寝かしつけながらうたってくれたのは、ハルモニだったけど。

サントッキ、トッキヤ。

オンマ？

ヨンジュ、もう質問《しつもん》はたくさん。

お願《ねが》い、オンマ、あといっこだけ。ハルモニももう寝てるかな？

ええ、寝ているわよ。ハルモニのことは心配しなくてだいじょうぶ。自分のことは自分でできるから。あなたがいなくてさみしいでしょうけど、あなたはミグクにいるのがいちばんだってわかってくれてるわ。さあ、眠りなさい。きっとハルモニが、夢のなかで待っていてくれるから。

オンマがあたしの肩《かた》に腕《うで》をまわす。あたしは目を閉じて夢《ゆめ》をみようとする。ハルモニをあんまり長く待たせたくない。もうおばあちゃんだから、背中がいたくなっちゃうはず。あたしはオンマに歌をうたってもらう。

サントッキ、トッキヤ。オディロ・カヌニャ。カンチュン、カンチュン、チミョンソオディロ・カヌニャ

あたしは山のうさぎ。ぴょんぴょんはねながら走っていく。どこへいくの？　ハラボジに会いにいくんだ。あとからハルモニがきたら、きいてみよう。飛行機っていう名前のバス、気にいったかどうか。ミグクでは、みんなが幸せで愛《あい》に満ちあふれてるってきいた。あたしは山のうさぎ。ぴょんぴょんはねながら走っていく。あたしは目を閉じる。天国を待ちながら。

天国までもう一歩

あたしはコモの家じゅう、ハラボジをさがしまわる。部屋《へや》がすごくたくさんある。床《ゆか》はみんな、ふかふかの白い毛布《もうふ》がしいてあって、足の裏《うら》が気持ちいい。部屋の入り口についてるのは障子《しょうじ》じゃなくて、村のお店にあったみたいな大きい木のドア。天国の人ってみんな、すごいお金持ちなんだな。家のなかに、こんなにたくさん毛布や木のドアがあるんだもん。

ヨンジュ、どこにいるの？　オンマがよんでる。声がするほうにいこうとするけど、自分がどこにいるのかわからない。ドアをあけるたび、あたらしい部屋がある。小さい部屋もある。大きい部屋もある。このうんと小さい部屋には、ピンク色の毛皮《けがわ》がかかったへんな形をしたいすしかない。ピンク色の毛皮なんて、ミグクにはどんな動物がいるんだろう？

あたしは毛皮のいすにすわってみる。かべに、まっしろな紙をくるくる丸めたボールみたいないなのがくっついてる。はしっこを引っぱったら、煙《けむり》が流れるみたいにするするほどけた。

ヨンジュ、なにしてるの？　みんな、あっちの大きい部屋であなたを待ってるのよ。オンマがドアのむこうからいう。

あたしはいすから飛びおりて、オンマのところにかけていく。オンマはあたしを抱《だ》きあげて、連れてってくれる。

大きい部屋にいくと、アパがサンチュンのとなりにすわってた。サンチュンは、ミグクの人。神さまの絵と同じ、大きくて丸いお金みたいな目をしてる。ただしサンチュンのお金の目は、夜みたいに黒くない。昼間《ひるま》、お日さまがきらきら光ってるときの空の色。髪《かみ》の毛はうねうねした茶色い海草みたい。サンチュンは自分のことを、アン・クル・ティムってよんでくれといってる。ミグクではサンチュンのことをアン・クルっていうから。だけどあたしの口は、その言葉をうまくいってくれない。サンチュンは、うまくいえるようになるまでサンチュンとよんでくれてかまわないよっていう。

サンチュンは、アパとコモとならんでおしゃべりしてる。あたしたちの国のことばを、舌《した》をパタパタたくさん動かしてしゃべる。

ヨンジュがきましたよ。オンマがいって、あたしを抱っこしたままぽんとはずませる。

こっちにおいで、ぼくが抱っこしてあげよう。サンチュンがいう。

オンマはあたしをサンチュンのひざの上にのせる。サンチュンの空みたいな目にさわってみたい。だけど、そんなことしちゃだめ。サンチュンがかわいそう。きっと、あたしに目の色をからかわれてると思っちゃう。あたしが髪をカールして、ジュミに笑われたときみたいに。ジュミは、口がきけなくなるほどげらげら笑ってた。

ヨンジュ、この家は気にいったかい？　サンチュンがきく。

すごく大きくてすてき。だけど、ハラボジがみつからないの。ハラボジはどこ？

サンチュンがまゆとまゆのあいだにしわをよせる。ハラボジ？　どうしてハラボジがここにいるんだい？

テーブルのまわりにすわってたみんなが、あたしをみる。

ヨンジュ、バカなことをきくもんじゃない。アパがいう。ハラボジは天国にいるんだぞ。

ここ、天国だもん。ミグクは天国でしょ。ハラボジはどこ？

こんどはみんな、首をふる。アパがあたしをじろっとにらむ。サンチュンがひげをさする。

ヨンジュ、ミグクは天国じゃないんだよ。サンチュンがいう。ハラボジは神さまといっしょにいるんだ。

あたしたち、神さまといっしょに空の上にいるんじゃないの？

サンチュンが首を横にふる。

じゃ、どうして床に毛布がしいてあって、大きい木のドアがあるの？　天国にいる人はみんな、お金持ちで幸せなんでしょ？

サンチュンはまた首を横にふる。ミグクはとてもいいところだ。だが、天国ではないんだよ。

あたしは目をふせる。くちびるの両はしが下をむく。サンチュンがあたしの顔をじっとみてる。サンチュンはあたしをひざの上でぽんとはずませて、人さし指を立てる。いや、そうだな……ミグクは天国に負けないくらいいい場所だ。うん、天国までもう一歩といえばいいかな。

なに、それ。天国までもう一歩？　あたしはサンチュンのひざからおりて、しゃきっと立つ。できるだけはっきり、大きい声でいう。ここが天国じゃないなら、うちに帰りたい。ハルモニが待ってるんだもん。

ヨンジュ。アパがいう。すわりなさい。これ以上くだらないことはききたくない。アパは立ちあがって、あたしのワンピースのうしろをつかむ。そして、となりのいすまであたしを引っぱってきてすわらせる。

泣かないもん。泣かない。あたしは息《いき》をのむ。

オンマが、靴《くつ》が鳴ってるみたいないつもの笑い声とはちがう声で笑う。棒《ぼう》を地面の上で引きずったときみたい。それから、ほっぺたをさすりながらいう。ヨンジュは想像力《そうぞうりょく》が豊かだから。人の話をきかなきゃいけないときに、いつも空想《くうそう》してるんだもの。

コモがあたしの背中《せなか》をさすりながらいう。ヨンジュはおもしろい子ね。どこからミグクが天国だなんて思ったのかしら？　きっとハルモニに、たくさん物語をきかされたのね。さあ、もうこの国にきたからには、あなたもミグクの女の子なのよ。ほら、これをのんでごらんなさい。ミグクじゃみんな、コ・カ・コー・ラが大好きなの。水みたいにのんでるわ。ヨンジュもきっと気にいるはずよ。

コモがあたしに、黒いきたない水がはいったコップをわたしてくれる。あわがうかんでる。海でとれたのかな。あたしはミシみたいにコップのにおいをふんふんかぐ。

ヨンジュ、いいからのみなさい。アパがぴしゃりという。

あたしはコップを口に近づけて、ちょこっとだけのんでみる。ひゃーっ！　痛い。こののみ物、あたしの口とのどにかみついた。魚の小さい骨をのみこんじゃったみたい。ミグクの人って、こんなのが好きなの？　かえしたいけど、おぎょうぎの悪いことはできない。

ヨンジュ、いい子だ。さっさとのんで、もういっぱいもらいなさい。アパがいって、あたしの頭をなでる。

あたしは両手でコップをつかんでる。オンマとアパはサンチュンとコモと話してる。みんな、あたしの目がうるうるしてて、口が痛いことなんか気づいてない。ミグクにきて、うれしくてしょうがないんだ。仕事がたくさん、大きい家、いい学校、らくな生活、そんな話ばっかり。オンマはアパのすぐ近くにすわってる。オンマとアパの肩《かた》がふれあってる。オンマがアパににっこりする。アパもにっこりする。

どうしてうれしそうに歯をみせて笑ってるのかわからない。ハルモニがいなくてさみしくないの？　ほんものの天国じゃなかったのに、頭にこないの？　ほんものの天国でハラボジが待ってるんだよ。ハルモニはあたしをおいていっちゃう。天国までもう一歩だなんて、どうだっていい。あたしはぱちぱち痛いのみ物をごくりとのみこむ。ここは、天国なんかじゃない。

あたしの将来

　あたしは、学校っていうことばがきらい。オンマとアパは、学校はあたしの将来《しょうらい》だっていう。あたしは、将来ってことばがきらい。将来には、いろんなことがある。コモとサムチュンといっしょに住まなくていい家。座席《ざせき》に大きなさけ目がない車。さけ目からは、なかみがぼろぼろでてきてて、引っぱっちゃいけないってオンマにいわれてるけど、やめられない。だって、指でぐしゃってつぶすと、砂みたいな感じがしておもしろいんだもん。

　いまはうしろの座席にすわって、さけ目の部分をかくしてる。小さいネズミがやったってばれちゃうから。家族でネズミ年なのは、あたしだけ。ほかのみんなは、トラとかタツとか、もっとえらそうな年にうまれてる。まだオンマのおなかのなかにいる赤ん坊も、タツ年にうまれることになってる。だけど、それは将来のこと。

　たぶん将来って、ずっと先ってことだと思う。でも、だとすると、学校は将来じゃない。いまのこと。ずっと先でもないのに、どうして学校が将来なのかわからない。先生にきいてみなくちゃ。

アパは、先生はなんでも知ってるっていってた。だからしんけんに話をきかなきゃいけないんだって。そのあと、ならったことをこんどはあたしがアパとオンマに教えなくちゃいけないから。

学校のなかでは、みんな走ったりおもちゃであそんだりしてた。背《せ》の高い、アパよりも大きいアジュンマが、近づいてくる。頭のてっぺんに大きい白い雲みたいなものがのっかってる。髪《かみ》の毛みたいだけど、へんなの。アパが頭をさげたときちょうどその女の人が手をだしたから、アパのひたいに手がぶつかった。女の人が笑う。アパは首をふる。それからその人の手をにぎって、ぱっとはなす。アパはあたしを前に押しだしていう。ヨンジュ、先生にあいさつしなさい。

この雲みたいな髪をした人があたしの先生？　うそ。だってこの人、ハルモニがよくあたしがいい子にしてるように話してくれた、大昔《おおむかし》の物語にでてくるみたいな大女。あたしの先生、悪い子どもを晩ごはんに食べちゃう魔女《まじょ》のおばあさんそっくり。

アパがあたしの頭をとんとんたたいて大きい声でいう。ヨンです。魔女先生がいう。「ハ・ハ・ドウ、ヤン」

あたしはアパのシャツにしがみつく。アパ。あたしの名前、ヨンじゃないよ。ヨンジュだよ。ジュがぬけてる。

しーっ、ヨンジュ。学校では、ヨンだけでいいんだ。ミグクの人には、ぜんぶ発音するのはたいへんだろうから。かんたんにしておいてあげたほうがいい。さ、先生におじぎをするんだ。

アンニョンハセヨ。あたしはいいながらおじぎをする。おぎょうぎがいいところをみせれば、食べられないはず。

アパが丸いお金をふたつ、あたしににぎらせる。これでごはんを買いなさい。ヨンジュ、先生のいうことをよくきいて、いい子にしてるんだよ。コモが、放課後《ほうかご》むかえにきてくれるから。アパはあたしに手をふって、庭師《にわし》の仕事をしにいく。

「オーケー、クラー、カ・モ・バ・ヒァ」魔女先生がいう。そして両手をたたいて、雲の髪の毛をさわる。ミグクの女の子と男の子がみんな、いそいで集まってくる。いい子にしてないと食べられちゃうと思ってるみたいに。みんな、あたしのまわりに輪になってすわる。

「ティス・イズ・ヤン」魔女先生がいう。

「ウェ・カ・ム、ヤン」みんながいう。

女の子たちのなかには、ひそひそ話をしてる子もいる。こんなにいろんな色の髪、みたことない。雨がふってるときの土みたいにてかてか光る茶色の髪もある。ひとりの男の子とひとりの女の子は、お日さまをあびてゆれるコムギみたいな色の髪をしてる。あの髪、お母さんにとかしてもらうとき、パチパチいうのかな。あたしは数えた。ハナ、トゥル、セッ、ネッ。ネッはあたしと同じ、夜みたいな髪をしてる。だけどコモがいってたのとはちがって、ミグクの人がみんな髪をカールさせてるわけじゃない。カールした大きい頭をしてるのは男の子がひとりだけ。あたし、男の子だって思われたらいやだな。

みんなの髪の毛をながめてたら、魔女先生がまたなんかミグク語をしゃべって、みんながいそいで席につく。先生はあたしの手を引いて、夜の髪をした女の子のとなりのいすに連れてく。女の子のシャツは、海の色。さわってみたいけど、こわくてできない。

「ヒァ」女の子はいって、赤い棒《ぼう》をさしだす。あたしは首を横にふる。どうやってミグク語をしゃべったらいいかわからなかったから。海シャツが赤い棒を紙の上でごしごしこすると、紙に色がつく。箱のなかにはいろんな色の棒がある。海シャツはそれを次々にとりだして、紙の上でごしごしやる。それから手をとめて、あたしが指をかんでるのをじーっとみつめる。そしてまた棒をさしだす。こんどはあたしも、どうすればいいかわかる。

あたしはずいぶん長いこと、紙の上で色の棒をこすってた。海と砂を紙の上につくる。それからすみっこに、すわってるめん鳥みたいな家の絵をかく。かきたいものがたくさんあって、魔女先生がなにかいったのもきいてなかった。女の子も男の子もみんな、外にかけていく。あたしひとり残って、色のついた棒を持ってすわってる。魔女先生がしゃべる、しゃべる。頭がどうかしちゃったみたいにすごいいきおいで。あたしは耳をふさぐ。あんまりこわくて、トイレにいきたくなってくる。いうことをきかなかったから、魔女先生に食べられちゃうんだ。

魔女先生があたしのとなりにすわって、頭をかく。指が雲の髪のなかにうまってみえなくなる。そばでみると、そんなにいじわるそうでもない。いすが小さいから、ひざがあごにくっつきそう。

あたしはにこっとする。魔女先生が笑いかえす。これなら食べられないかもしれない。

先生はあたしが耳にあてていた両手をはずす。「ヤン」先生がいう。

あたしは首をたてにふる。先生は雲の髪をさすって、きょろきょろする。部屋《へや》のすみまで歩いて、おわんを持ってもどってくる。またいすにすわって、おわんからなにかとりだして、口にいれる。口をもぐもぐ、もぐもぐ、動かす。頭が前にうしろにゆれる。ミグクの先生って、へんな食べ方するんだな。あたしは身をのりだしておわんのなかをのぞく。なにもはいってない。きっと、ふざけてるんだ。

先生が自分のくちびるを指さしていう。「ラーンチュ」それからまた、空っぽのおわんからなにか食べるふりをする。

あたしもいう。「ラーンチュ」そして、干《ほ》しイカを食べるときみたいにしっかりかむ。すると先生はすごくよろこんで、笑いながら手をたたいていう。「グゥー！　グゥー！」

先生があたしをみつめてる。あたしはもう一回、先生をよろこばせることばをいってみる。「ラーンチュ」だけどこんどは、手をたたいてくれない。先生はくちびるのはしっこをねじ曲げる。

あたしはいう。「ラーンチュ」

先生があごに手をあてる。あたしは色つきの棒であそびながら、先生があたしを食べちゃおうとしてるのに気づかないふりをする。ずいぶん長いあいだそのままでいたけど、先生は立ちあがって、自分の机《つくえ》のところにいく。大きい黄色いかけらがつまってる袋《ふくろ》を持ってもどってくる。車の座席のなかにはいってる、あの引っぱりだしちゃいけないっていわれてるかけらに似てる。だんだん心配《しんぱい》になってくる。先生、あたしがオンマのいうことをきかなかったのを知ってるんだ。

先生がかけらをひとつとりだして、口にいれる。それからすわって、袋をさしだす。あたしもかけらをひとつ、とりだす。近くでみると、この大きな黄色いかけらにはみおぼえがある。いろんな角度《かくど》からみてたら、小さいしっぽをみつけた。オンマがよく夕ごはん用に乾燥させておく小さい魚に似てる。あたしはその小さい魚を空中で泳《およ》がせる。先生がうなずく。「イェース！」先生がいう。

「イェース！」あたしはいって、魚をもっと泳がせる。「イェース」

「ノォー」先生はいって、首を横にふる。先生は魚を指さす。「ゴー・ドゥー・フィーシュ」

あたしも魚をゆびさす。「ゴー・ドゥー・フィーシュ？」

「イェース」先生はいって、うんうんうなずく。「ゴー・ドゥー・フィーシュ」

それから先生はあたしがかいた海の絵の上にゴー・ドゥー・フィーシュをざーっと山もりにして、立ちあがる。脚《あし》がすごく長いから、ずんずん空中にのびていくみたい。頭が天井《てんじょう》にぶつかっちゃうんじゃないかな。先生はあたしをみおろして、ゴー・ドゥー・フィーシュをもうひとつ口のなかにいれる。それからもぐもぐかんで、いう。「ラーンチュ」先生があたしを指さす。

あたしはゴー・ドゥー・フィーシュをひとつ口にいれて、ゆっくりかむ。砂みたいにじゃりじゃりする。舌に、くんせいみたいな塩味《しおあじ》が残る。このゴー・ドゥー・フィーシュ、おいしい。あたしはうなずいていう。「ラーンチュ」先生はにっこりして、自分の机の前にすわる。

あたしはゴー・ドゥー・フィーシュを海のなかで泳がせる。それからゴー・ドゥー・フィーシュは、大きい海のかいじゅうに食べられちゃう。女の子たちと男の子たちがもどってきたとき、大きい海のかいじゅうはゴー・ドゥー・フィーシュをぜんぶ食べちゃってた。この大きい海のかいじゅう、オンマとアパに教えてあげるためにひとつとっとかなきゃいけないのをけろっと忘れてた。あたしはすごく悲しくなってきて、頭を横にだらんとかたむけて、肩の上にのせる。オンマにげんこつでごつんってやられる。そのとき、こすって色をつける棒があるのを思いだした。あたしはさっきかいた海に、ゴー・ドゥー・フィーシュをかきこむ。

海シャツがあたしの絵を指さしていう。「ゴー・ドゥー・フィーシュ」

あたしはいう。「ラーンチュ」

海シャツが、ミグク語をぺらぺらしゃべる。

あたしは首を横にふる。にっこり。いまは、ほんのちょっとしかミグクのことばを知らない。だけどいつか、ぜんぶわかるようになる。将来。

永遠じゃない

永遠《えいえん》じゃないんだから。アパがオンマにいう。アパとオンマは、車の前の座席《ざせき》にすわって、一軒《いっけん》の家をながめてる。古い茶色いペンキがはげかかってる。古い茶色い草がちらばってる。十字もようの鉄のさくがはりめぐらされてる。アパは、タバコに火をつけるための魔法《まほう》の光のボタンを押す。オンマは、ぼくはつしそうなおなかをさする。ぐるり、ぐるりと。ミグクにきてはじめてしてもらった誕生日《たんじょうび》パーティで風船《ふうせん》が割れたときみたいに、オンマがポンってはじけちゃいそうでこわい。

アパがすわったままふりむいて、あたしにいう。ほんとうの自分たちの家になるわけじゃないけどな。二階に住んでいる人から一階を借りるだけだから。

オンマがアパのほうをむいていう。もう少しお金をためてからじゃだめなの？

アパがタバコに火をつける。煙《けむり》をはく。そして首を横にふる。それがどういうことか、わかってるだろう。こんな暮らし、どうしてがまんできるんだ？　しょっちゅう礼《れい》ばかりいって、しょっちゅう気をつかわなきゃいけない。プライバシーもない。

ええ、そのとおりだけど、もうすぐ赤ん坊も生まれるし、そうしたらわたしもはたらけるわ。仕事をふたつかけ持てば、自分たちの家を買うお金をためられるでしょう。

おいおまえ、なにいってるんだ？　アパが窓をあけて、タバコの灰をはらう。トン、トン。

わたしはただ、あと何週間《なんしゅうかん》かで赤ん坊が生まれるっていっているだけ。すぐにはたらけるようになるわ。もう数か月だけ、待てない？

おれがさっきなんていった？　アパが大声をだす。おまえ、きいてなかったのか？　おれのいったことがきこえなかったのか？　おれはもう、イヌみたいにへいこらしたくないんだ。これ以上金をためて、どうしようっていうんだ？　え？　豪華《ごうか》な家がほしいか？　それがおまえの望みか？　おれのやってやってることじゃ、満足《まんぞく》できないのか？

ちがう、そういうことじゃないの。オンマがしずかにいう。両手をおなかにあてたままだ。ぐるり、ぐるり。

トン、トン。アパがタバコをくわえる。ひと口すって、それから煙をはきだす。それから家のほうをむいて、うなるようにいう。おまえはいつだって満足しない。いくらでもほしがる。

アパの声が変わる。ネズミがチューチュー鳴いてるみたいな声でオンマのまねをする。お姉さんに手紙を書いてちょうだい。ミグクに引っ越したいから。もっといい暮らしがしたいわ。

アパはオンマにむきなおる。それからオンマのおなかを指さす。それがこのざまだ。ぜんぶおまえのせいだぞ。わかってるのか？　おれが仕事をもうひとつふやすはめになったのもおまえのせいだ。こじきみたいに弁護士《べんごし》たちのごみを集めてまわってるんだぞ。韓国《かんこく》にいれば少なくとも、自分の舟があった。あの生活のどこがそんなに気にいらなかったんだ？

ヨボ、ヨボ。オンマがいう。アパの気をしずめようとして、ていねいなことばでよびかける。アパをおこらせないように。あたしはうしろの座席のすみっこにちぢこまる。オンマのきれいな半月《はんげつ》形《けい》をした顔《かお》から目をはなさないようにしてる。

永遠じゃないんだから。アパがいう。タバコの煙が車のなかにたちこめて、風にのってでていく。

ヨボ、わかったから。オンマがいう。あなたがいいようにして。

アパは腕を車のドアのうえにかける。ひじを窓の外に突きだして静かにいう。しばらく家賃《やちん》をはらいながら、自分たちの家を買う金を少しずつためよう。

オンマは窓をあけて、ため息《いき》をつく。

アパが顔をぱっとあげて、オンマにむきなおる。おい、なんでため息をついた？　え？　永遠じゃないっていっただろうが。

オンマは窓の外に顔をむけたまま。おなかをなでてる。ぐるり、ぐるり。返事《へんじ》をしない。

アパがタバコを窓の外にだす。トン、トン。アパはもういちどいう。少しずつ金をためよう。

でも……オンマが自分のおなかをみながらいいかけて、口をつぐむ。手をほっぺたにあてて、さする。オンマはまたしゃべりだす。コモのところにいれば、もっと早くお金がたまるのに。わたしがふたつ仕事をかけ持って、家賃をはらわずにすめば、あっという間に頭金《あたまきん》がたまるじゃない。

あたしは、次の瞬間《しゅんかん》アパの手が動いたのに気づかなかった。あんまりすばやかったから。バシッていう音だけがきこえた。ガラスが割れるみたいに大きい音。

あたしは下くちびるをかむ。強く。泣いちゃだめ。泣いたらもっとひどいことになる。あたしは目を閉じて、お祈《いの》りをする。お願《ねが》いです、神さま、お願いですから、なんとかしてください。

おれがさっきなんていった？　アパがわめく。バシッ。

あたしは目をあけて、オンマをみつめる。オンマは手でくちびるを押さえてる。指のあいだから、つーっと血が流れる。あたしの目から涙《なみだ》があふれてきて、ひざに落ちる。息を殺して、泣き声をたてないようにがんばる。頭のなかで文字をいってみる。A、B、C、D、E、F、G。

おれがなんていった？　アパがオンマにきく。

オンマは手でくちびるを押さえながら、家をまっすぐみつめてる。返事をしない。アパがオンマのほうにかがみこむ。顔を近づける。目を紙みたいにほそくしてる。すいおわったタバコを親指と人さし指のあいだではさんでる。

お願い、オンマ。あたしは心のなかでいう。お願いだからいって、お願い、お願い、お願い。

オンマは手をおろす。血があごまでつたう。くちびるは、破れたブドウみたい。オンマは目を閉じていう。永遠じゃないのよね。

パク・ジュンホ

　コモがあたらしいあたしたちの家にやってきた。ほんとうはあたしたちの家じゃないけど。とりあえず借りてるだけの家。コモはあたしとあそぼうっていってたのに、赤ん坊のものばかりみたがる。赤ん坊のものをぜんぶ両手にかかえて、黄色いラグをかけてあるソファにすわる。あたしはのぞきこんで、ラグがぐしゃぐしゃになってないかたしかめる。オンマから、前の持ち主がソファにつけた焼けこげがみえないようにラグがぴしっとしてるかどうかたしかめるのはあなたの仕事よ、っていわれてるから。

　あたしはコモのとなりにすわって、足を投げだす。待ちくたびれちゃった。昼寝《ひるね》もしたくない。暑《あつ》くて外じゃあそべないし。学校がはじまればいいのに。早く二年生になりたいな。二年生になると、お金を持ってくればお昼ごはんを買ってもいいんだって。ジョン・チュチュレリが教えてくれた。ジョンは三年生のお姉さんからきいて知ってる。あたしは足を投げだして、靴《くつ》についてる白いリボンをながめる。こんなの、はずしちゃいたい。赤ん坊の足みたいでいや。だけどオンマは、せっかくのお誕生日《たんじょうび》プレゼントの靴を台なしにしちゃったらコモが悲しむっていってた。コモとティムおじさんがわざわざあたしのために選《えら》んでくれたのに、って。アパとティムおじさんはどこにいるんだろう？　オンマと赤ん坊を連れてすぐもどってくるっていってたのに。

コモが青いシャツを手にとって持ちあげる。ヨンジュ。コモがあたしのほうをむく。あなた、生まれたとき、おしりの真上《まうえ》に青いあざがあったの知ってる？　コモは前かがみになって、自分の背中《せなか》のそのあたりを指さす。

ううん、知らない。あたしはいって、また足を投げだす。このリボン、赤ん坊みたいでいや。

コモはしゃべりつづけてる。もちろん、いまはないけど。大きくなると消えるから。だけど生まれたときは、ついてたのよ。ハングクの赤ちゃんにはみんな、そのあざがあるの。わたしたちの民《みん》族《ぞく》のあかしね。先祖代々《せんぞだいだい》そうなのよ。ずっとずっと昔《むかし》、ハングクの人はみんな、モンゴルからきたの。

リボンさえなければ、この靴もテレビにでてくるダンサーがはいてるやつみたいなのに。

ヨンジュ、知ってた？　コモはいって、赤ん坊のシャツをきちんとたたむ。チンギス・ハンっていう……。

外で、車のドアがバタンという。コモもあたしも、ぱっと玄関《げんかん》のほうをみる。帰ってきたんだ。あたしはソファから飛びおりてかけていく。アパがドアをあけてなかにはいってくる。大事《だいじ》そうに毛布《もうふ》をかかえて。あたしは毛布のなかになにがはいってるのかみたくて背のびするけど、アパの背にはとてもとどかない。オンマがあたしのうしろからきて、あたしの頭をなでる。

ヨンジュ、わたしがいないあいだ、いい子にしてた？　オンマがたずねる。眠そうな目。おなかはもう風船《ふうせん》みたいじゃない。あたしはオンマに飛びついて、抱っこしてもらおうとした。

アパがいう。ヨンジュ、オンマをこまらせるんじゃない。オンマはつかれてるんだから、抱っこなんかできないよ。だいたいおまえはもう、赤ん坊じゃないんだから。

ティムおじさんが両手にひとつずつバッグを持ってはいってくる。ひとつをソファの横においで、もうひとつをオンマのところに持ってくる。

なに、これ？　オンマがたずねる。

プレゼントだよ。さあ、すわってあけてみて。

オンマはすわる前に、アパに声をかける。ヨンジュに赤ん坊をみせてあげて。

アパはうなずいて、かがみこむ。ほら、ヨンジュ。アパはいう。生まれたばかりの弟だ。パク・ジュンホだよ。かわいいだろう？

毛布のなかで、髪《かみ》の毛のない虫がもぞもぞしてる。頭をさわってみると、ぽさぽさした毛がほんのちょっとはえてるだけ。あたしはアパにたずねる。髪の毛はどこ？

あとではえてくるさ。アパはいう。

あたしはまた虫をみる。ミグクで生まれたから、髪がカールしてるんだろうな。

オンマがティムおじさんにお礼をいう。「テーム、ありがと《タンク・ユー》」オンマは両手に大きいびんをかかえてる。

お祝いするにはシャンパンにかぎる。ティムおじさんはいう。大事なお祝《いわ》いだからね。

アパがいう。ああ、せいぜい盛大《せいだい》に祝わなきゃな。「ティム、ありがと《タン・キュー》」

コモがアパに近づいてきていう。ねえ、わたしにも抱かせてちょうだい。

アパは虫がはいった毛布をコモにわたす。コモは動物みたいな声をだす。クェックェッてニワトリのまね。ホーホーってフクロウのまね。アパはコモのとなりに立って、指を赤ちゃんへビみたいにして、こんにちはってあいさつさせる。へビが虫の頭をこちょこちょする。

ほら。アパがいって、虫を指さす。おれの息子《むすこ》、あくびをしてるぞ。生まれてまだ一日しかたってないのに、賢者《けんじゃ》のようにまじめな顔であくびをしてる。

オンマが立ちあがって、コモのとなりにやってくる。虫に顔を近づけて、目を閉じると、深く息をすいこむ。それからアパをみあげていう。この子は将来《しょうらい》、医者《いしゃ》か弁護士《べんごし》になるかもしれないわ。

コモがいう。大統領《だいとうりょう》かもしれないわよ。

アパは目をそらして、玄関の横にある窓をみつめる。茶色い芝生《しばふ》も、十字もようの鉄のさくもみていない。とおりこして、そのずっと先をみつめている。アパはいう。将来、自慢《じまん》の息子になるだろうな。

アパ、あたしだって大統領になれるよ。あたしはいう。

アパの視線《しせん》が家のなかにもどってくる。あたしをみつめる。アパは笑っていう。ヨンジュ、おまえは女の子じゃないか。

ヨボ、ヨンジュの夢をうばわないで。オンマがいう。あんまりむごいことをいわないでちょうだい。

ティムおじさんがあたしを抱きあげる。「ヨンジュ」ティムおじさんはあたしの髪に口をよせて小さい声でいう。「アメリカじゃ、女性だって男性とほとんど変わらずに、なんでもできるんだよ」

そういわれても、あたしの心のずきずきはおさまらない。アパに笑われたときにぐさっときた場所が、まだ痛い。ティムおじさんは、あたしを抱っこしたままひょいと上にあげた。ほら。ティムおじさんはアパとオンマにいう。すばらしい子どもがふたりになったな。

オンマがいう。そのすばらしい子どものうちひとりのおむつをかえなきゃね。オンマはソファの横においてあったバッグをとって、白い四角いものをとりだす。

おれがやるよ。アパがいって、虫をコモからうけとる。

オンマが目をまんまるくする。やり方、わかるの?

おぼえればいいさ。アパがいう。

オンマは笑って、コモのほうをむく。ヨンジュのときは、抱っこもしてくれなかったのに。

みんな、笑う。あたしは靴のリボンをじーっとみる。アパはあたしを抱っこもしてくれなかったんだ。

これでいいかな？　アパがソファから声をかける。

シャンパン用のグラスをとってくるよ。ティムおじさんがいう。ちょっと待っててくれ。手つだってこいよ。アパがオンマにいう。

オンマはあわててティムおじさんのあとを追ってキッチンにいく。コモとアパは虫の世話《せわ》でいそがしそう。

あたしはなんとなくソファのほうにいって、黄色いラグの四すみをちゃんとなかに折りこむ。コモがいう。まあ、おりこうさんね。さ、ここにすわって、やり方をみててごらんなさい。いいオンニにならなきゃね。オンマのお手つだいをしてこの子の世話をするのがヨンジュの役目よ。

あたしはコモのとなりに立つ。虫は目をぴったり閉じてる。どうしてこの子が大統領になるの？あたしのほうが、強いし大きいのに。

アパがおむつをはずす。うぇぇーっ！　この虫、くさーい。アパが笑う。においまでおれといっしょだ。

あたしは顔をそらす。あたしも赤ちゃんのとき、アパと同じにおいだった？　どうしてアパはあたしを抱っこしてくれなかったの？　そのときあたしはコモのいってたことを思いだした。ハングクの赤ん坊にはみんな、青いあざがある。あたしにもあった。もしかして、この虫にはないかも。

だって、ミグクで生まれたんだから。きっとこの子は、ほんとうのパク家の子じゃないんだ。そうしたら、アパが自慢に思えるパク家の子はあたしひとり。あたしはコモの背中ごしに、アパが虫のおむつをかえてるのをのぞきこんだ。

アパの手はふだん、庭師《にわし》の仕事のせいで泥《どろ》だらけだから、黒くてごわごわしてる。そうじゃないときも、掃除《そうじ》の仕事のせいで皮がむけてざらざら。なのに今日《きょう》は、すべすべできれい。お祈《いの》りしてる手みたい。赤ん坊のためだ。アパはおそるおそる赤ん坊の脚《あし》を持ちあげて、おしりをふく。あたしはあざをさがす。あっ。コモがいってた場所に、青いあざがある。古い傷《きず》みたいにうすく。赤ん坊が目をあけて、あたしの目をまっすぐみつめる。

アパがおむつをかえおわるころ、ティムおじさんとオンマがグラスを持ってキッチンからもどってくる。ティムおじさんがみんなをよびながら手まねきする。先生が生徒《せいと》を集めるときみたいに。ねえ、ヨンジュ。コモがいう。赤ちゃんがソファからころげ落ちないようにみてて。ここに立って、まもってあげてちょうだい。コモがあたしを赤ん坊の前に連れていく。あたしはドアみたいにまっすぐ立つ。

うしろで、ポンッていう大きい音がする。そっちをみると、ティムおじさんが大きいびんを持ってる。海のあわみたいな白いあわが、びんからあふれてる。アパとオンマとコモがグラスをさしだす。

かんぱい。ティムおじさんがいって、グラスを持ちあげる。生まれてきた赤ん坊にかんぱい。

おれの息子、パク・ジュンホに。アパが大きい声でいう。

パク・ジュンホに。みんなが声をあわせる。

あたしはしゃがんで、靴からリボンをはずす。もう、赤ちゃんじゃないもん。

うそを埋《う》める

　二年生になったら、たくさんしゃべらなきゃいけなくなった。もうお絵かきばっかりじゃない。あそぶ時間もへった。発表《はっぴょう》をして、人の話をきいて、本を読む。シェルドン先生の授業《じゅぎょう》で、みんなになにか持ち物をみせながら話をする順番《じゅんばん》がまわってきたとき、なんにもみせるものがなかったら、重大《じゅうだい》ニュースを発表すればいいことになってる。みせるものなんかないけど、話したい重大なことならある。ずっと考えていたことだ。

　いよいよあたしの番がまわってきたとき、あたしは教室のいちばん前に走ってでていった。両手をうしろにまわして指を組んで、みんなにいう。「あたしの弟。死にました」

「まあ、まあ、なんてことでしょう」シェルドン先生はそういうと、すたすたやってきてあたしを抱《だ》きしめてぎゅっと引きよせた。あんまりぎゅっとするから、先生のわきの下から甘ずっぱいにおいがしてきて、先生の長い茶色い髪《かみ》が顔にさわってくすぐったい。あたしは体を引いて、先生をみあげる。

「もうパクあたしだけ。男の子みたいに、あたし名前つぐ」

先生のひたいに、紙をくしゃくしゃにしたみたいなしわがよる。両目のはしっこがほそくなる。先生には、あたしの英語がわからない。あたしのことばは、頭のなかで考えてるときはちゃんとしてるのに、口からでてくるとこんがらがっちゃう。土曜日にせんたくを手つだうとオンマがごほうびに食べさせてくれる、缶づめのスパゲッティみたいに。

しょっちゅうおしおき用の場所にすわらされてるジョン・チュチュレリが、手をあげて質問《しつもん》する。

「なんで死んだんですか?」

「ジョン!」シェルドン先生が大きい声でいう。「なんてことをきくんですか! またあそこにすわりたいの?」

ジョンは、それも悪くないなって思ってるような顔をする。おしおきの場所は黒板《こくばん》からうんとはなれたところにあるから、そこにすわらされれば人の話をきかずにすむ。だけどジョンは首を横にふる。シェルドン先生はふーっと息《いき》をはく。あたしが自分の机にいそいでもどっていくあいだ、先生は教室の前に立ったまま、首をつんつんつまんでた。考えごとをしてるときは、いつもそうする。

「みなさん、こうしたらどうでしょう? 今日《きょう》は金曜日ではありませんが、ヤンを元気づけるために、ポンポン作りをしませんか。それでヤンと家族が少しでもなぐさめられるのではないでしょうか?」

「はいっ!」みんなは元気づく。ポンポン作りをするのは金曜日に単語《たんご》テストがおわったあとと決まってるのに、今日は水曜日だからだ。ポンポンは作るのに丸々半日、かたづけるのにまた半日かかる。毛糸くずが床《ゆか》じゅうにちらかるからだ。そうやって丸いポンポンを何個かこしらえる。それぞれに、プルートだのストロベリーだの青ヒゲだのへんな名前をつける。

午前中ずっと、みんなでポンポンを作った。できあがるとひとつずつ、あたしの机《つくえ》まで持ってきてくれる。机の上にポンポンをおいて、名前を教えてくれる。

「サンシャインを大事《だいじ》にしてね」

「このメロンヘッドをみて、元気をだしなよ」

あっという間に、机の上がポンポンだらけになった。あたしはそれを両腕《うで》でつつみこんで、ふわふわの毛糸にほおずりする。

読書《どくしょ》の時間、シェルドン先生はあたしにいちばん先に本を選ばせてくれた。あたしは、大きな森でくらしているローラとメアリーの絵がいっぱいのってる本にする。大きくなったら、開拓者《かいたくしゃ》の女の子になりたいな。そして、ママのお手つだいをしてクリスマスのパイを焼くんだ。お昼休み、アマンダがあたしにライフセーバー（はっかドロップ）の最後のひとつをくれた。去年おばあちゃんが死んだから、どんなに悲しいかわかるわっていって。ライフセーバーをなめると、舌《した》がぴりぴりした。あたしはアマンダが、うしろでチュッチュッてキスみたいな音をだしてふざけるジョンをどなりつけようとむこうをむいたすきに、ライフセーバーを口からだした。体育のあと、シェルドン先生がきれいなカードをくれた。こするとにおいがするシールがたくさんはってある。単語テストで百点をとったときにしかもらえないシールだ。あたしは百点なんかとったことない。だけど今日のあたしはとくべつ。あたしはポンポンであそんだり、シールをこすってにおいをかいだりする。弟が死ぬと、いいことがたくさんあるな。

学校からもどると、コモがきてた。昼間はオンマが工場で服をぬう仕事をしてるから、コモがあたしたちのめんどうをみにくる。コモはジュンホとあそんでた。コモにあごをくすぐられると、ジュンホはけらけら笑ってミルクを少しはく。あたしがミルクをはいたりしたら、オンマにげんこつで頭をゴツンとやられるのに。だけどジュンホだと、大事な長男だから、カーペットをよごしてもキスしてもらえる。コモはタオルをとりに立って、テーブルの上を指さす。

ヨンジュ、きれいなお花でしょう。学校から送られてきたんだけど。

あたしは目をぱちくりさせる。うそ……テーブルの上に、白と黄色のお花。あたしは靴《くつ》をぬいで、そのまま部屋《へや》にいこうとする。

こっちにいらっしゃい。コモがいう。そしてお花のほうに近づいていく。あたしはこわくて、足の指をカーペットにぐいっと食いこませる。

これ、どういう意味？　コモがききながら、白い小さいカードをふる。どうしてわたしたち、気《き》の毒《どく》なの？　コモはもうずいぶん長いあいだミグクにいるけど、まだ英語がにがてだ。

あたしはオレンジ色のカーペットをみおろす。足の指のあいだのけばけばをじっとみつめる。どうしよう、なんていおう。コモの顔《かお》をみあげたとき、あたしの口から勝手《かって》にことばがでてくる。

「学校の単語テストで負けちゃったの。一番だったから」

韓国語《かんこくご》で話して、とコモがいう。コモはうちでは韓国語で話したがる。自分の家では、ティムおじさんが英語しか使わせてくれないからだ。ティムおじさんはコモに、自分の家族と仲よく話せるようになってほしいと思ってる。コモは、朝から晩まで英語で話すと頭がいたくなってくるっていってる。

学校の単語テストで負けちゃったの。二番だったから。あたしはいう。

二番。すごいじゃない。気の毒なんてとんでもないわ。オンマもアパも、きっとよろこぶわよ。二番になってお花をもらうなんて、すばらしいわ。

あたしは、ポンポンとシェルドン先生のきれいなカードがはいった通学かばんを抱きかかえる。そして、ゆっくり玄関《げんかん》のほうにあとずさりして、足をもぞもぞ動かして靴をさがす。なんとか靴をはくと、コモに大声でいう。外であそんでくるね。

これ以上なにもきかれたくない。ポンポンとカードをかくさなきゃ。でなきゃ、うそをついたのがばれて、ひどくとっちめられる。

家の横に、大家《おおや》さんがこわれたものを捨《す》てている場所がある。割れた窓ガラスとか、すわる部分がなくなっちゃった古いいすとか。そこに古い木の切り株《かぶ》があって、そのまわりの土はやわらかくてぽろぽろしてる。あたしは棒《ぼう》を拾《ひろ》って、そこを掘《ほ》りはじめる。両手でどんどん掘る。そうしながら、コモがきやしないかと耳をすませる。すぐに、小さい落とし穴《あな》くらいの大きさになった。だれもみてないのをたしかめて、通学かばんをあける。あたしは、ポンポンひとつずつにおわかれのキスをする。

「ごめんね、ローリー・ポーリー。バイバイ、メロンヘッド」そういいながら、穴にいれる。シェルドン先生のきれいなカードのいいにおいを最後にもういちどかいで、ポンポンのとなりにいれる。そして、うそを土でかくす。

バスルームで顔と手をせっけんで三回も洗った。そのとき、オンマが帰ってきた。オンマはいつも、うそは死んだ魚よりもいやなにおいがするっていってる。コモが、お花の話をオンマにしてるのがきこえる。あたしはバスルームからでる。オンマがキッチンのテーブルの横に立って、お花のにおいをかいでる。目を閉じたまま。

ヨンジュ、こっちにいらっしゃい。コモがいって、あたしを手まねきする。あたしはソファに近づいてく。オンマは、このお花はうそのにおいがするって思ったかな。オンマは目をあけて、あたしにむかって手をさしだす。あたしはほんのちょっとだけ、近づく。はなれてれば、においをかがれずにすむから。だけどそのとき、オンマが手をのばしてあたしを引きよせた。鼻《はな》をあたしの髪にうずめて、ミシがよくしてたみたいにあたしの頭のにおいをかぐ。あたしは目を閉じていそいでお祈りした。天国にいらっしゃる父なる神さま、ほんとうは毎日お祈《いの》りしなきゃいけないのにやってなくてごめんなさい。だけど、オンマにうそがばれないようにしてください。そうしたら、毎日お祈りします。約束《やくそく》します。

ヨンジュ、よくがんばったわね。オンマがいって、あたしの目をのぞきこむ。頭がいい子ね。将来《しょうらい》、頭のいい女性になるわ。このまままいっしょうけんめい勉強していればだいじょうぶ。聖書《せいしょ》にひとつはさんで、押し花にするわね。オンマはまっ白なお花をひとつえらんで、くきから爪《つめ》でお花をとる。

コモが帰るといつもオンマは、くたくたで口もきけなくなって、ジュンホを抱っこして寝かしつけながらソファにすわってる。なのに今日はあたしをとなりにすわらせて、将来なってほしいものの話をしてる。医者《いしゃ》でも弁護士《べんごし》でもなれるわね。それとも、パク家からは何人かえらい学者がでてるから、学者になるのがいいかもしれないわ。オンマは眠ってるジュンホを抱っこしたまま、先祖《せんぞ》のえらい学者の話をきかせてくれた。あたしはオンマの話をききながら考える。えらい息子《むすこ》にはなれないけど、あたしだってすごいことならできる。そうしたらあたしも、有名なパク家の人間になれる。長男よりえらくだってなれるはず。

寝《ね》る時間になっても、あたしの目はぱちっとあいたまま。そのうちアパが、弁護士事務所《べんごしじむしょ》の掃除《そうじ》をする夜の仕事からもどってきた。ベッドに寝たままだと、オンマとアパがひそひそ話してるってことしかわからない。リビングで、ひそひそ、ひそひそ。アパ、あたしがえらいご先祖さまみたいな人になれると思ってくれたかな。

オンマとアパのベッドルームのドアが閉まる音がすると、あたしはベッドから飛びだして、キッチンにかけていく。つくりつけの引きだしをあけると、キィィーって音がしてどきっとする。もう、おんぼろなんだから。心臓《しんぞう》が、ラジオから流れてくる太鼓《たいこ》の音よりも大きな音をたてる。だけど、オンマもアパもベッドルームのドアをあけない。あたしはおそるおそる懐中電灯《かいちゅうでんとう》をとりだす。ティムおじさんが、あたしたちのミグクでの最初のクリスマスにアパにくれたもの。そして、音をたてないようにそーっと引きだしを閉める。

部屋にもどってベッドにはいる前に、あたしは約束どおり短いお祈りをする。神さま、ありがとう。オンマにうそをばらさないでくれて。それからあたしは、これ以上目をあけてられなくなるまで、金曜日の単語テストの勉強をした。

大人になること

ジュンは両手で黄色い風船《ふうせん》をかかえてる。まるでガラスでできてるみたいに大事《だいじ》そうに。風船は、小さい子だけがもらえるもの。

オンマがいう。ヨンジュはもう大きいんだから。それに、どうして風船なんかいるの？　あなたには、そのゾウがあるじゃないの。

あたしは、むらさき色の鼻《はな》をした、もこもこのピンクのゾウをみつめて、その丸い体をきゅっと抱《だ》いてみる。シリアルの袋《ふくろ》みたいに、ジャリジャリしてかたい。

オンマにわかってほしくてあたしはいう。ほんとうはこんなゾウ、ほしくない。まちがいでもらっちゃっただけ。

オンマはきらきら光る観覧車《かんらんしゃ》のほうばかりみてて、あたしの話をきいてない。オンマがほっぺたをさする。あたしはうつむいて、落ちてるポップコーンを足で地面に埋《う》める。オンマにいいたい。おじさんが賞品だってくれたからもらっただけで、ほしかったんじゃない。オンマがまだ、アパにどなられたのを気にしてるのがわかる。バザーなんてバカげたことにつかう金なんかないって。だけどオンマはどうにかあたしたちを連れだしてくれた。学校でやるバザーだし、三年生のあたしのクラスの子はみんないくことになってたから。あたし以外みんな。

まちがいなのに。あの一セントを投げたとき、こんなのもらうつもりなかったんだもん。それにこのゾウ、たったの一セントだよ。ジュンの黄色い風船なんか、五十セントもしたのに。だいたいこんなゾウ、じっと動かないで前をみてるだけ。風船なら、鳥みたいに飛んで空までいける。いつか、天国までとどく木をみつけよう。その木にのぼれば、羊の毛みたいなふわふわした白い雲が、腕《うで》いっぱいに落ちてくる。雲があたしの耳元でひそひそおしゃべりして、ハラボジがどこにいるか教えてくれるはず。

オンマの手があたしの頭の上にずしんとのっかる。オンマはあたしの頭をなでながら、視線《しせん》を遠くにむけたままいう。ヨンジュ、あなたはオンニなんだから。ききわけよくして。

オンマにそういわれて、あたしはしゅんとなる。心のなかがしゅんとなる。だって、ききわけよくなんかなりたくないから。風船を買ってもらいたい。いくら、ほんとはきちゃいけなかった場所で、もうたくさんお金をつかっちゃったってわかっていても。わんわん泣きわめきたい。赤ちゃんになっちゃいたい。オンニなんかじゃなくて。だけどあたしは、こくりとうなずく。

帰りましょう。オンマがいう。あたしは最後にもういちどだけふりかえってみる。やりたくてできなかったことがたくさんある。あたしたちは、券をひとり一枚しか買えなかったから。ジョン・

チュチュレリのお父さんなんか、丸々ひとつづり持ってた。青いスーツを着てベンチに腰かけて、ジョンとお姉さんが走ってくるたびにティッシュみたいにぽんぽんわたしてた。

空中でぐるぐるまわる車にのってる人たちが、キャアキャアさけんでる。だけど、悲鳴《ひめい》はすぐに笑い声になる。だってふざけてるだけだから。ドアがゆがんで窓がこわれてる家から、悲鳴がひびいてくる。観覧車から、アイスクリームの屋台《やたい》みたいに楽しい鐘《かね》の音がしてくる。ピンク色の甘い綿菓子《わたがし》をみてたら、舌《した》がむずむずしてきた。いつか、のり物ぜんぶにのって、食べたいものぜんぶを食べよう。水のみ場の水じゃなくて、レモネードだってのむんだ。

あたしはオンマとならんで車の前の座席《ざせき》にのる。ジュンがうしろにすわる。ジュンは風船をひざにのせて、両手でかかえてる。オンマは自分のものはなにも買わないままバザーから車をだす。みけんのしわが深くなってる。あたしはそれが消えるかどうかさわってみたかったけど、オンマに、おとなしくすわってなさいっていわれた。あたしはいすにすわったままふりかえって、ジュンのほうに身をのりだす。

どうして風船をひもで持たないの？

オンマが、気をつけてないと飛んでっちゃうっていったもん。

ひもがついてるんだし、車のなかなのよ。バカね。遠くにいくわけないじゃない。

ジュンは風船をもっとしっかりかかえる。

ねえ、あたしにひもを持たせて。

やだ。ジュンの目がキッとするどくなる。

風船は飛ばすものなのよ。自由になりたがってるの。かかえたままじゃ、意味《いみ》ないでしょ。

ぼくの風船だもん。オンニのじゃないよ。ジュンは、あたしの手をふりほどこうとする。

ねえ、貸してくれたっていいじゃない。

やだ。

あたしのゾウとこうかんしようよ。あたしはいって、むらさき色の鼻でシリアルみたいにジャリジャリしてるピンクのゾウの耳をつかんでふる。

ジュンは顔《かお》もあげない。風船をぎゅっとだきかかえてる。

お願い、ジュン。ちゃんと持ってるから。ねえ。ちょっと飛ぶとこをみてみたいだけ。

やだよ。ぼくの風船だもん。ジュンはあたしをにらみつける。そういう顔をするとアパそっくり。

飛ばしてみたいの。あたしはいって、ジュンのほうに体を思いっきりかたむけて、腕をつねろうとする。

オンマ！　ジュンがわめく。

オンマがびくっとする。夢からさめたみたいに。ヨンジュ、なにしてるの？　オンマがしかる。

前をむきなさい。ジュンホにかまうんじゃないの。

はい、オンマ。あたしはいって、体のむきをもとにもどす。そしてゾウをひざの上にのせて、ジャリジャリいわせる。あそんであげてるうちに、やわらかくなるかもしれない。あたしはそのあとずっと窓の外をみつめながら、わかる標識《ひょうしき》をかたっぱしから読みあげた。

「次の出口！」あたしはさけぶ。「サンタモニカ・フリーウェイ！」

フリーウェイをでると、ほんとうはあたしたちの家じゃない家がみえてきた。アパはいまでも、いつか自分たちの家を買うっていってる。とりあえず借りてるだけだって。とりあえずって、ずいぶん長いんだな。

オンマが車をとめるとすぐ、あたしはゾウをつかんで車を飛びだす。玄関《げんかん》にむかって走りながら、ゾウを頭の上でぶんぶんふりまわす。うしろで車のドアが閉まる。玄関に着いたとき、音がした。

パン！　前にティムおじさんが大きなびんをあけて、白い海のあわが流れてきたときみたいな音。

あたしはふりかえる。

ジュンが、車回しのところでうつぶせに転んでる。ふうせんは割れていた。ジュンが手をついて起きあがる。にぎってるひもの先には、ぐしゃっとつぶれた卵の黄身《きみ》。

風船が！　ジュンが泣く。

オンマがかがんで、ジュンの背中《せなか》をさする。ジュンホ、泣くのはおやめなさい。こんどまた、あたらしい風船を買ってあげるから。

ぼくの風船！　ぼくの風船じゃなきゃやだ！

しーっ、ジュンホ。泣かないの。家にはいりましょう。オンマはジュンの手をにぎって、歩かせようとする。ジュンは両手でオンマの脚《あし》を押して、むこうにおいやる。そしてさっきよりもっと大きな口をあけて泣く。

ぼくの風船がいいんだ！

鼻水《はなみず》が流れ落ちてジュンの口にはいる。オンマは目を閉じる。ぎゅっと閉じたまま、あけない。片手で顔の半分をおおって、もう片方の手をにぎりしめる。そして二本の指の関節《かんせつ》を突きだす。

コツン。

ぼくの風船！　ジュンがわんわん泣く。風船！　風船！

オンマは目で空をさがす。手をあげて、もういちどげんこつをふりおろそうとするけど、気が変わったらしくて、両手で顔をおおう。消えちゃいたいみたいに。

ノックの音がする。顔をあげると、大家さんが二階の窓から外をのぞいて、ジュンを指さしてる。コンコン。そこ、そこ。あたしはこわくなる。どうしてオンマはジュンをほっとくんだろう？　どうしちゃったの？

あたしは、むらさき色の鼻をしたピンクの太ったゾウをみつめる。この子は風船じゃないけど、あたしがバザーでもらったのはこの子だけ。大人になったごほうび。

あたしはジュンに近づいていく。英語の先生みたいなとっておきの声をだす。ラソー先生が、運《うん》動場《どうじょう》で転んで泣いてる子どもをなだめるときの声をまねして。「ジュン、泣かないで。ジュンはもう赤ちゃんじゃないんだから」

ジュンは泣くのをやめて、あたしの口がきいたことのないことばをだしてるのをみつめる。

「だいじょうぶよ」あたしはいう。

ジュンにはあたしの英語がわからない。また泣きわめこうとして口をあける。

ほら、ジュン。あたしはいって、いそいでジュンの両手にゾウをにぎらせる。これならこわれないでしょ。ね？ あたしはジュンの丸々したおなかにゾウを押しつける。

ジュンは口を閉じて、ゾウをじっとみつめる。

ほら、あそんであげて。あたしはいって、ゾウをジャリジャリいわせる。さ、この子にとりでを作ってあげよう。

ぼくのゾウ。ジュンはいう。そして、むらさき色の鼻にキスする。

ジュン、ちがう。あたしのゾウだってば。あそんでもいいけど。

ぼくのだもん。ジュンはいって、玄関にむかって歩きはじめる。

オンマが両手を顔からおろして、目をあける。オンマがあたしをみつめてる。あたしはオンマから目をはなさないまま、ジュンのあとを追って家にむかう。

消えるあわ

ときどきアマンダは、あたしにはわからないことをいう。きのうは、お父さんとお母さんといっしょにリンゴ狩《が》りにいってドーナツを食べてホットシードルをのんだっていってた。「あたしシードル大好き」アマンダはいった。「ヤンは？」

あたしはうなずいてうんって答えたけど、ほんとうはシードルってなんなのかも知らなかった。アマンダは、あたしがジュンが死んだってうそをついたときライフセーバーをくれた。あれ以来あたしたちは親友だけど、だからってなんでも正直《しょうじき》にいえるってわけじゃない。

あたしはベッドに横になったまま天井《てんじょう》をみつめてる。辞書《じしょ》でシードルを調べたら、りんごのしぼり汁ってのってた。りんごジュースとどこがちがうの？　発酵《はっこう》ってなに？　辞書をひけばなんでもわかるわけじゃないのはわかってたけど。「つきあう」ってことばもそう。四年生になってからというもの、アマンダやクラスのほかの女の子たちは、ジミーとかいう男の子とつきあいたいとかなんとか話してる。「ジミーはだれとつきあうと思う？」みんなそういう。あたしはわかったふりをしてるけど、辞書をひくと、「つきあう」も「つきあい」も、行動をともにするとか、義理《ぎり》をたてるとか、そんなふうにしか書いてない。そんな説明じゃ、なんの解決《かいけつ》にもならない。ジミーがだれかといっしょに、どこで義理をたてるの？

ドアをすばやくノックする音がして、アパが顔をだす。ヨンジュ、もう起きる時間だ。車を洗うぞ。

はい、アパ。あたしは答えてゆっくり起きあがる。

外にでると、家の前でアパが白いバケツとスポンジをもう車の横に準備《じゅんび》してあった。まわりの家はどこも電気が消えたままでしーんとしてる。日曜日の朝七時じゃ、みんなまだ寝《ね》てる。ジュンが家からでてきて、こっちに歩いてくる。だまってしばらく突っ立ってたかと思うと、手をのばして洗剤《せんざい》をとる。そして、両手の上にしぼりだす。

「ジュン、やめなさい」あたしは黄色いボトルをジュンからとりあげる。「車を洗うものなんだから」

ヨンジュ、韓国語《かんこくご》をしゃべるんだ。アパが家の横から緑色のホースを引っぱってきながら命令する。

どうして家では韓国語をつかわなきゃいけないのか、わかんない。自分の生まれた国を忘れないためっていわれても……。じゃあなんで、アメリカにひっこしてきたの？　学校では英語しか使えないのに。だけど、アパにはさからえない。あたしはしぶしぶジュンに、ここにいなさいってわきにどかせて、スポンジをにぎらせる。

アパがさけぶ。ヨンジュ、水をだしてきてくれ。

あたしは走って家の横にまわって、蛇口《じゃぐち》を全開にする。もどってくると、アパがバケツに水をためてた。ジュンは黄色いボトルを持ってアパのとなりに立って、洗剤をじゃぶじゃぶバケツにいれてる。あたしが近づいていくと顔をあげて、舌《した》をべーって突きだす。

いいか。アパがステーションワゴンに水をかけながらいう。すばやくこすって、あわが乾《かわ》かないうちに洗い流すんだ。

アパは車を洗うたびに同じことをいう。ちゃんとやらないとペンキがはがれるとかなんとかいって。ティムおじさんにこのステーションワゴンをもらったのはずいぶん前だから、もうかなり古くなって木目ふうのサイドパネルもはがれてきてるのに、アパはまるできのう買った新車みたいに大事《だいじ》にしてる。

準備はいいか。アパがふりかえりながらさけぶ。

ジュン、これ持ってて。あたしはジュンにピンクのスポンジをわたす。そして、準備の構《かま》えをやってみせる。ひざをまげて、スポンジを持って、アパの合図《あいず》を待つ。

アパはホースをはなすとすぐさけぶ。かかれ！　あたしは車体の横めがけて、スポンジを打ちつける。洗剤のあわが、はげかけたサイドパネルを流れおちる。

アパがむこう側からいう。タイヤもだ、ヨンジュ。

あたしはしゃがんで、ホイールキャップをこする。

タイヤを洗いおわって立ちあがると、ジュンは家の前を流れて溝《みぞ》に集まったあわを手ですくってあそんでた。砂のお城《しろ》を作ってるときみたいに、あわを集めてもりあげてる。

ジュン、こっちにきて手つだって。あたしはよぶ。

ジュンは知らん顔《かお》で、あわであそんでる。

あたしはジュンに近づいていく。ジュン。こっちにくるの。早く！

おい、ヨンジュ。アパが車の屋根の上から顔をだしていう。ジュンホにかまうな。ジュンホにもやることがあるんだから。あわが乾かないうちにさっさと洗うんだ。

あわであそぶのが、やること？　あたしがジュンくらいのころは、できるだけオンマとアパの手つだいをしなきゃいけなかったのに。せんたくものをたたむとか、食器をならべるとかは、かならずあたしがやることになってた。

あたしは車のところにもどって、ボンネットを洗いはじめる。腕《うで》をできるだけ遠くまでのばすけど、半分までしかとどかない。もうあわが乾きはじめてる。

いそげ。アパが命令《めいれい》する。アパは強引《ごういん》にあたしの前に割りこんできて、ボンネットの残りの部分にせっけん水をかける。あたしはため息《いき》をついて、バンパーにとりかかる。

やんなっちゃう。あたしはクラスでいちばん背《せ》が低い。写真をとるときいちばん前の列なのもいや。知らない人には、二年生だと思われる。うちの家族はみんな、オレンジにまざったマンダリンって感じ。ジュンをのぞいて。ジュンは歳《とし》のわりには背が高い。オンマもアパも、ジュンの大きい足をみてほれぼれとしていう。おまえはうちの家族でいちばん大きくなるね。あたしだっていちばん大きくなりたい。アマンダと同じくらい背が高くなって、シードルがどんな味がするかとかどういうものなのかとか、悩《なや》まないですむようになりたい。

おしっこ。ジュンが縁石《ふちいし》のところでさけぶ。

家でしてこい。アパは、あわだらけのスポンジでごしごしやる手を休めずにいう。

家はやだ。ここでする。

顔《かお》をあげると、ジュンがパンツをおろしてた。アパはリアのバンパーを洗ってて気づいてない。

アパ。ジュンが外でおしっこしちゃうよ。あたしはいう。

アパは顔もあげない。

ジュンはひざのところまでパンツをおろして、自分のコチュを両手でつまんでる。舌の先を突きだして、下くちびるをなめてる。集中《しゅうちゅう》してるときの顔だ。

トラックが近づいてくる音がする。

ジュン、だれかくるよ。あたしはさけぶ。いまのうちにやめさせなきゃ。

ジュンが顔をあげる。舌をさっきよりたくさん突きだしてる。そして、あわの山めがけておしっこをしゃーってかける。桃《もも》の皮のけばけばみたいなブロンドの髪をしてデニムのオーバーオールを着た小さな男の子が、トラックからおりてきてじっとみてる。あたしはアパのところに走ってって、ジュンのせいでみんな恥《はじ》をかいちゃうよって教えようとした。近所のみんなに、いま思われてる以上に変わってるって思われちゃう。はじめてあたしは、学校が家から遠くてよかったと思った。少なくとも、知ってる人にジュンをみられる心配はない。

アパ。ジュンが道のまんなかでおしっこしちゃってるの。

アパは車を洗う手を休めて、ふりかえってジュンをみる。

アパ、やめさせて。

ヨンジュ。アパは首をふりながらいう。ジュンホは男の子だ。外でおしっこしてもかまわないんだ。

どうしてアパは、男の子と女の子は同じじゃないって思うんだろう。どこがちがうっていうの？こういう質問に答えてくれる辞書はない。

ジュンは、人にみられてるのに気づいて調子にのりだす。コチュを、消防士《しょうぼうし》さんがホースで火事を消してるときみたいに前後にふる。桃のけばけばが、じっとみてる。

アパがげらげら笑いはじめる。ジュンホ、おまえ、なんのつもりだ？　消防士か？

そうだよ。ジュンが答える。そして、コチュをふって最後の一滴をしぼりだすと、パンツをあげる。桃のけばけばは、頭をかきながら前にかがみこんで、あわの山が消えたかどうかみている。ジュンは両手を腰にあてて立ってる。うけて立つぞっていってるみたいに。

ジュンが桃のけばけばに、韓国語でなにか命令した。桃のけばけばが、まるでわかったみたいにうなずく。そしてふたりして、あわの山を作りはじめる。アパはひざをついて、残りのふたつのタイヤを洗いはじめた。あたしは車の横に突っ立ってる。あわだらけのスポンジを手に持ったまま、ぼーっととおりをながめてる。なんにもない、どこまでも遠くにつづく道。

ほんの一瞬《いっしゅん》、まばたきするくらいのあいだ、あたしはスポンジをほうりなげようかと思った。全速力で走りたくなった。とおりをどんどん、どこまでも。空を飛べるくらいはやく。遠くへ。ここから。あたしから。

だけど目をあけたとき、あたしはまだ同じ場所に、アパのとなりにいた。あたしは顔をそむける。アパが車にホースで水をかけてあわを消すのがみえないように。

ブーかいじゅう

週末の朝ときどき、いつもじゃないし、しょっちゅうでもないけど、たまに、アパはブーかいじゅうになる。ほうきみたいな髪《かみ》をして起きてきて、ジュンとあたしがテレビでマンガをみてるところをおそう。うしろからしのびよってきて、漁師《りょうし》さんが網《あみ》で魚をとるみたいにあたしたちを一気《いっき》にすくいあげる。あたしたちはきゃあきゃあ笑いながらにげようともがくけど、ブーかいじゅうの強い腕《うで》にしっかりかかえられてるからぬけだせない。

オンマ！　あたしたちは金切《かなき》り声をあげる。オンマ、助けて！　つかまっちゃったよ。

オンマはキッチンからにこにこしながらでてきて、お手あげっていうしぐさをする。助けられないわ。わたしまでつかまっちゃうもの。

うぉぉぉぉー！　ブーかいじゅうはわめいて、ジュンが身をくねらせていまにもにげようとしたとき、足首をつかまえる。ジュンを、リスがどんぐりをするっとかくすみたいに、かんたんにわきの下につっこむ。ジュンとあたしは力を合わせようとする。スパイダーマンとスーパーマンみたいに。『ワンダー・ツイン・パワー』みたいに。こちょこちょの刑《けい》だ！　やっちゃえ！

でも、だめ。ブーかいじゅうは、どこを攻撃《こうげき》してもくすぐったがらない。わきの下もききめなし。だけどあたしたちは、くすぐったがり屋。あごの下。おなかのまわり。助けて、助けて！　あたしたちは息《いき》を切らしながらげらげらげら笑う。

にげられっこないぞ。ブーかいじゅうは高笑《たかわら》いして、おならをする。一発じゃなくて、三発も。朝、さびついた車のエンジンをスタートさせるときみたいに。ブォォーン、ブォォーン、ブォォーン。

ひぃぃぃぃー。あたしたちは悲鳴《ひめい》をあげて、鼻《はな》をふさごうとする。だめだ。ブーかいじゅうはわめいて、あたしたちの腕を押さえつける。両手が鼻にとどかないように。

オンマ！　あたしたちはもういちどさけぶ。オンマがまたキッチンからでてくる。あたしたちが息ができなくなってるのをみて、おそるおそるブーかいじゅうに近づいてくる。ブーかいじゅうは、きのうの夜のキムチなべのにおいをぷんぷんさせてる。オンマはブーかいじゅうの背中《せなか》を指でつつく。

ガォォォォー！　ブーかいじゅうはうなって、腕をのばしてオンマの足首をつかもうとする。オンマはひょいと飛びのいて、キッチンにかけこむ。そして、ぐるぐるひねったタオルを持ってもどってきて戦いにそなえると、ブーかいじゅうのおしりをパンとはたく。ブーかいじゅうはみせしめのためにもう一発おならをする。

死んじゃうよぉ！　あたしはうめく。

早くして。ジュンがいう。もがいたせいで、顔《かお》が真っ赤でくしゃくしゃになってる。

オンマがブーかいじゅうの肩《かた》をつかんで、雑草を引っこぬくみたいにぐいっとうしろに引く。ジュンとあたしは手をついてはって脱出しようとするけど、ブーかいじゅうが脚《あし》をつかんで、引きもどす。そしてオンマからタオルをひったくると、オンマのシャツのへりをつかんで引っぱって自分の支配下《しはいか》におく。もうにげられない。こうなるとあたしたちみんなで、ひとつのブーかいじゅう。

降参《こうさん》か？　ブーかいじゅうがきく。どうだ？　降参といえ。

やだー。あたしたちは泣きわめく。

これでもか。ブーかいじゅうは、あたしたちをぞうきんみたいにぎゅーっとひねりあげる。

デッス。降参。あたしたちはいう。

よーし。

もう息ができない。口を思いっきりあけてるのにげらげら笑ってるから空気がはいってこない。

最後の最後になって、ブーかいじゅうはあたしたちをはなしてくれる。そしてぐったりしてカーペットにどさっとたおれる。あたしたちはブーかいじゅうの重たい手足をくぐって、なんとかぬけだす。

ふぅ、はははは、ぜいぜい。はははは。アパは息を切らしながら笑いころげる。そしてゆっくり立ちあがると、ジュンとあたしの頭をなでる。オンマの肩もぽんぽんとたたく。足をひきずりながらバスルームにいくとちゅうで、アパは韓国《かんこく》の新聞をコーヒーテーブルからとって、わきの下にかかえる。

アパがいっちゃったあと、あたしたちのひざはカーペットですりむけてることもある。腕にあざが残ってることもある。だけど、そんなのどうだっていい。あたしたちは、いつでも待ってる。待ちこがれてる。クリスマスに、いくら一年中お日さまがぎらぎらてってても雪がふらないかなーと空をみあげるみたいに。だって、ブーかいじゅうがやってきてあたしたちをわきの下にかかえて、息ができなくなるくらいきつく抱きしめると、そのときだけ、あたしたちは好きなだけブーかいじゅうに腕をまきつけられるから。

雨の日の発見

雨が車にピチャピチャあたる音がする。ジュンとあたしは、サッカーボールと図書館《としょかん》で借りた古い本しかない車のなかに閉じこめられてる。ジュンはうしろの座席《ざせき》を占領《せんりょう》して、うつぶせに寝《ね》そべってる。シートのへりからあごを突きだして、床《ゆか》に落ちてる糸くずをつまんでとってる。足をおく部分をしきるもりあがったところに、集めた糸くずをまとめてる。

いつもの木曜日と金曜日は、ここまでたいくつじゃない。木曜日と金曜日は、オンマもアパもふたつ目の仕事でおそくなる。〈ジョニーズ・ステーキ・ハウス〉でオンマの仕事がおわるのを待ってるのは、コモの家で「それはさわらないでね」ばっかりいわれてるよりずっといい。来年になったらあたしもそろそろ、家でひとりでジュンのめんどうをみてもいいっていってオンマはいってる。

雨がふってなければ、ジュンとあたしはレストランの裏の路地《ろじ》であそぶ。あけっぱなしのキッチンのドアのすぐ横で。灰色のかべにサッカーボールをぶつけてると、レストランのマネージャーがでてきていう。「やめろ、さわがしいぞ」。そうなるとあたしたちはふたりで勝手なルールを決めてボール投げをはじめる。バウンドなしとか、うしろをまわってもいいとか、できるだけ高く投げるとか。

お日さまがしずむ直前、ナイフで切る音がカチャカチャひびいたり、食べ物があっちこっちにいどうしたり、「一丁《いっちょう》あがり」なんていう声が飛びかったりする大いそがしの時間がはじまる前、オンマがキッチンからでてきて夕ごはんをくれる。運がよければチキン・ジンジャー。スパイスがきいててからくて、舌《した》がぴりぴりする。だけどだいたいは、大きなスプーンひとつで食べられるようにスープとごはんがボウルにいっしょくたになってるやつ。ジュンとあたしは縁石《ふちいし》に腰《こし》かけて、ひざにボウルをのせて、ずるずる大きな音をたてて食べる。ふだんはやっちゃいけないことになってるけど。あたしたちはげらげら笑いながら、どっちがきたない音をたてられるか競争《きょうそう》する。

だけど今日は雨ふりで、車がずらっと道路にならんで、早めの夕食をとろうと列をつくってるから、オンマは作ってからしばらくたったぱさぱさのハンバーガーをふたつとミルクの大きなパックを持ってでてくるのがせいいっぱい。食べおわると、ジュンはじっとしてられなくなった。うしろの座席をはいまわりながら、ひまつぶしにシートのクッションとクッションのあいだのすき間に手をつっこんでる。一セント硬貨を二枚みつけると、サッカーボールを天井にぶつけながら、歌をうたいだした。車のなかに、ジュンのバカみたいな歌が鳴りひびく。「スパイダーマン。スパイダーマン。だれもできないことができる〜」

あたしは懐中電灯《かいちゅうでんとう》をつけて、ジュンをおとなしくさせようとして、『かえるくんとがまくん』のお話を読んであげる。ジュンはボールをひざでバウンドさせながら、おもしろしい場面になると声をたてて笑う。本を読みおわると、あたしたちは窓の外を懐中電灯でてらす。雨が黒いアスファルトにあたって、銀色のバッタが百万匹もいるみたいにはねあがるのをながめる。

しばらくするとジュンはあくびをして、ボールを床に落とす。うしろの座席で体を丸めて、腕《うで》まくらをする。小さいゆっくりとした呼吸の音があたりにひびく。あたしは懐中電灯を消して、オンマのいすにじっとすわってる。雨がふってても、キッチンのドアは全開《ぜんかい》だ。なかでは、いろんな人がお皿を持って、いったりきたりいそがしそうにしてる。あたしはドアをみつめたまま、このまえの雨ふりの日のことを思いだす。

あのときは、どしゃぶりで風も強かった。オンマはかさを両手でささえなきゃいけなかった。オンマが車の窓をコンコンたたいたとき、起きてたのはあたしだけ。あたしがドアをあけると、オンマがたずねた。まだおなかすいてる？

うん。あたしは小声でいった。ほんとうはおなかいっぱいだったけど。オンマに肩《かた》を抱《だ》かれて、あたしは車をおりた。オンマはジュンを起こさないようにそーっとドアを閉めて、ロックした。

オンマがひそひそいった。マネージャーが休憩《きゅうけい》でおもてにいったの。ちょっとだけなかにいてもだいじょうぶよ。

キッチンに足をふみいれると、ステーキとガーリックのにおいにさそわれるように、あたしはさらに奥にはいった。コンロや流しの前にいる人がこっちに顔《かお》をむけてにっこりしたけど、すぐにしゃかしゃか動きはじめるから、しゃべってることばが汽車《きしゃ》の煙《けむり》みたいに流れていくような気がした。

「スナさん、スウィートな女の子《ユー・ガール・アマイ》」グリルの上でステーキをひっくりかえしてる女の人がいった。

「スナ、きれいなお嬢《じょう》さん」お日さまみたいなカーリーヘアのウェイトレスが楽しそうにいった。

そしてできあがった料理をうけとると、片腕に三皿のっけて、ドアのほうにむかった。

「いくつ?《ハウ・オールド・ユー》」三日月《みかづき》形の目をして、二本の前歯が黒くなってるおじいさんのコックさんがたずねた。この中国人のコックさんのことなら、前からオンマにきいてた。頭痛《ずつう》を治す手のひらのつぼを知ってるそうだ。「十歳です」あたしは答えた。するとコックさんがくすくす笑ったので、あたしは両手をだして指をぜんぶ立ててみせた。コックさんはあたしの指をくいっと引っぱった。

「スープのむか?《ユー・ウアナ・ソム・スウプ》」コックさんはたずねながら、ボウルからスープをすするまねをした。あたしは大喜びでうなずいて、あつあつのスープがでてくるのを待った。

あたしは、ボウルをキッチンの奥まったところにあるテーブルにはこんだ。オンマが、グリルでステーキを焼いてた女の人といっしょにお茶をのんでた。グリルの女の人は、髪《かみ》を頭のてっぺんでおだんごにしてたから、目がつりあがってた。オンマは自分のとなりのいすをぽんぽんとたたいて、友だちとおしゃべりをつづけた。あたしはそこにすわって、だまってスープをのんだ。

オンマとグリルの女の人は、切《き》れ切《ぎ》れの韓国《かんこく》語と日本語をまぜたものにところどころ英語をくっつけたことばでしゃべってた。

「スナ、キノー、あのアジュンマが車をこすったって」グリルの女の人がいった。小さい目がきらきら光ってる。あたらしい一セント硬貨《こうか》くらいの大きさ。

「アイグ。なおすの、タカイ？」

「ノー。きず、チイサイ」グリルの女の人は、小指をぴんと立てて自分のティーカップを手にとった。あたしは、小指が空中でおどるのをながめてた。オンマは両手でカップを持って、のむ前にかならずふーっと息をふきかける。あたしは、スープのボウルを持っている自分の手をみた。オンマの手にそっくり。あたしもボウルにふーっと息を吹きかけてからのんでみた。

オンマは友だちがなにかいうたびに楽しそうに笑ってた。くつがきゅっきゅっ鳴るみたいなあの笑いがもどってきて、空気のすんだ寒い夜の満月《まんげつ》みたいに顔が明るくかがやいてる。ときどき早口になるときは、カップをおいて、もわんとした空気のなかで両手をさかんにふる。いつものオンマじゃない。悲しそうな、つかれたオンマじゃない。お料理をしたりお掃除《そうじ》をしたり、たまにどなったりするオンマじゃない。友だちがいて、自分だけの秘密《ひみつ》のことばをしゃべるオンマ。あたしのオンマじゃない。スナさんだ。

まわりじゅうで、おなべがコトコトいったり、ナイフがガチャガチャいったり、ステーキがじゅうじゅう焼けたりする音がしてた。お日さまの髪をしたウェイトレスさんが、スウィングドアからもどってきた。そして、ピンク色のあわだらけののみ物をさしだした。キャンディみたいに赤いチェリーがそれぞれ一個ずつ、氷のなかにうかんでる。

「はい、スナ。娘さんとあんたのぶん。あんたのお気にいりののみ物だよ。シャーリー・テンプル」ウェイトレスさんはオンマにウィンクして、のみ物をテーブルにおいた。

「まあ、ありがと《タンク・ユー》、キム・バー・リー」オンマがいった。オンマは、ひとつをあたしのほうにすべらせて、もうひとつを手にとると、高々と持ちあげた。そしてあたしがまねをするのを待った。

あたしたちは映画にでてくる人みたいにグラスをカチンと合わせた。オンマはその魔法《まほう》ののみ物をひと口のむと、くちびるをなめた。あたしもひと口のんだ。おなじみのソーダ水のぴりぴりする感じに、チェリーの甘さとお日さまの光がいっしょくたにまざってるみたいな味。あたしもくちびるをなめて、オンマをみあげた。

おいしい？　オンマがたずねた。

おいしい。あたしは答えた。

外では雨がふりつづけてる。ウェイトレスたちが何人か、いやな天気だねってもんくをいった。キッチンにいたみんながうなずいた。あたしはうつむいたまま、グラスのなかでチェリーがぷかぷかうかんでるのをながめてた。もしあのとき、ひとつだけ願《ねが》いごとをしてもよかったら、ランプの精《せい》があたしの願いをきいてくれるっていったら、永遠《えいえん》に雨がやまないでほしいって願ってただろう。

ジュンが目をさまして、運転席《うんてんせき》のうしろをける。「雨ふりの日なんかきらいだ。オンマはどこ？ うちに帰りたいよ」ジュンはもう二、三回シートをけって、またおとなしくなる。

あたしはあけっぱなしのキッチンのドアをじっとみつめて口をつぐんでる。あたしは雨ふりの日が好き。

強いのは男

ジュンはスペンサーといっしょに、コンクリートのテラスのまんなかでかんかんでりのなか、汗だくですわってる。レゴで町を組みたててるから、ブロックがあっちこっちにちらばってる。灰色の小さいブロックをカチッとつなぎ合わせるのに夢中《むちゅう》で、あたしが裏庭《うらにわ》のガラスドアをあけたのにも気づいてない。塔《とう》がひとつできあがったところだ。スペンサーが箱のなかをのぞきこんで、絵でみた中世のお城みたいな、ふたつ目の塔をつくるためのブロックをチェックしてる。

「ジュン」あたしはドアのところに立ったままよぶ。「もうコモの家にいく時間だよ」

ジュンはあたしの声にいったんは顔《かお》をあげるけど、しかめっ面《つら》をしてすぐに手に持ったブロックに視線《しせん》をうつす。

アパがリビングからよんでるのがきこえる。ジュンホはもうしたくができてるのか？

「ジュン」あたしはもういちどよぶ。「もういかなきゃ」

ジュンはコンクリートの上にひざをついたままだ。アパがあたしのうしろから近づいてきて、ガラスのドアのところから声をかける。

ジュン、かたづけろ。

ジュンはきこえないふりをして、せっせとブロックをはめてる。アパがガラスのドアのわくをつかんだ。きのうの夜は弁護士事務所《べんごしじむしょ》の掃除《そうじ》の仕事だったから、漂白剤《ひょうはくざい》と窓ガラスを洗うウィンデックス液のにおいがまだ手に残ってる。アパはあたしをどかして、ジュンに歩みよる。

ジュンはレゴから顔もあげずにもんくをいいだした。コモの家でお昼を食べるのなんか、大っきらいだ。どうしていかなくちゃいけないんだよ？　すっげえたいくつなんだもん。ずっとすわってなきゃいけないしさ。あの家、あそぶものもないじゃん。ぜんぜん楽しくないよ。

あたしはドアのところに立ちすくんでた。次になにが起きるかはわかっているけど、その場から動けない。

ジュンホ、立て。アパがジュンの頭の上から命令《めいれい》する。

ジュンは頭をうしろにそらして、それからしぶしぶ立ちあがる。

女みたいにぐずぐずいいやがって。アパはいって、ジュンの頭を平手打《ひらてう》ちする。

ジュンが痛みで顔をしかめる。でもほんとうは痛みよりも、人前で、それも友だちの前でしかられたのが恥《は》ずかしかったからだ。

スペンサーが顔をそむけて、クルーカットにしたホワイトブロンドの頭の横を指の関節《かんせつ》のところでこする。スペンサーは、ジュンと友だちになったときからずっと髪型《かみがた》が変わってない。

アパがスペンサーのようすに気づいて、お客さん用の顔で思いっきりにっこりする。「シュ・ペン・シャー」アパがいう。「もう家に帰る時間。ジュンホすぐにもどる」

「はい、パクさん」スペンサーはいって、ひょいと頭を下げて、耳の上のぽさぽさした髪をさわる。

「グッド・ボーイ」アパがいう。お客さん用の顔でにっこりしたまま。

「ジュン、またな」スペンサーは角を曲がって帰っていく。自分のレゴをおきっぱなしで。

アパはスペンサーがみえなくなるのを待って、ジュンにむきなおる。ドアがバタンと閉まるよりもはやく、笑顔《えがお》が消える。

ジュンはうなだれたまま、両手をわきでにぎったり開いたりしてる。

アパがジュンに近づく。おい、おれが話をしているときはこっちをみろ。

ジュンが顔をあげる。ふきげんそうな目つき。

そういう目つきはやめろ。

ジュンは顔をひきつらせて、なんとか落ちつこうとしてる。目がつり上がらないようにと、アパの肩《かた》のむこうにじっと視線《しせん》をそそいでる。あたしにもおぼえがある。こうやると、表情《ひょうじょう》が消えて、ほんとうはちがうことを考えてるのにちゃんときいてるみたいにみえる。アパに本心を気づかれるわけにはいかない。もっとたいへんなことになる。

おれがいったこと、おぼえてるか？

ぐずぐずいうな。ジュンは何度もきかされてきたことばをくりかえす。

ほかには？　アパがさらに一歩ジュンに近づいてたずねる。

ぐずぐずいうのは女だけ。男は強いから、そんなことはしない。

そうだ。ならなぜおまえは、女みたいなまねをしたんだ？

わかんない。ジュンがいう。視線のすみっこで空をみつめながら。

忘《わす》れてたってことか。アパがいって、ジュンの胸《むね》のところを指先でつつく。

ジュンは一瞬《いっしゅん》よろけるけど、すぐにしゃんとなる。

忘れてたんだな。アパがもういちどいって、さらに近づく。もうジュンとのあいだにすきまはない。

ジュンがこくりとうなずく。目がうるうるしてる。まるで、そうしていれば天国にいけると思ってるみたいに、必死《ひっし》で空の一点を横目でみつめてる。

正直《しょうじき》にいえ。アパが命令する。

忘れてた。ジュンがしぶしぶいう。

ちゃんとぜんぶいうんだ。アパが下くちびるをかんで、うなるようにいう。

男らしいのがどういうことか、忘れてた。ジュンがいう。涙《なみだ》がうっかり落ちてほおをつたうと、いそいでぬぐう。

どうして泣いてる？

ジュンが肩をすくめる。

ちゃんと答えろ。アパがジュンの顔を平手打ちする。

ジュンの頭が、がくんとうしろにたおれる。思わずうめき声がもれる。

オンマがドアのところまででてきて、あたしのうしろに立つ。オンマはあたしの頭の上からアパに声をかける。ヨボ、もういいじゃない。

アパがオンマの声にこっちをむく。だまれ。引っこんでろ。おれの息子《むすこ》だ。弱虫《よわむし》にするわけにはいかない。

ヨボ。オンマがもういちどいう。

アパはオンマを無視《むし》して、またジュンにむきなおる。しゃきっと立て。アパは命令する。

ジュンは背《せ》すじをのばす。涙をぬぐって、目で空のあの一点をさがす。

女みたいに泣きやがって。女みたいにぐずぐずいいやがって。おれが教えたこと、ひとつもわかってないのか？　強くなれ。男になれ。

ジュンの顔がまた無表情《むひょうじょう》になる。あの空の点をみつけたんだ。

アパはまだどなってる。この世界じゃ、強い者だけが生き残れるんだ。強い者だけが、自分の末《み》来《らい》を切り開いていけるんだ。女みたいに泣いたりもんくをいったりしてたら、だれがおまえのいうことをきくんだ？　え？　男らしくしゃべり、男らしく戦ってれば、この世界でほしいものを手にいれられる。わかるか？

はい。ジュンがかぼそい声で答える。

なんていった？　アパがかがみこんで、かべのなかにいるネズミの音をきこうとしてるみたいに、耳をジュンの口に近づける。

はい。ジュンがさっきより大きい声で答える。

はい、だけか？　ほかには？　アパが姿勢《しせい》をもどしていう。

ジュンは正確《せいかく》に答えなきゃいけない。アパの望みどおりの答えがいえれば、お説教《せっきょう》はおわる。でも、もしまちがったら……？

ジュンは顔の筋肉《きんにく》をひきしめる。目にもほっぺたにも、くちびるにもひたいにも、ガラスの仮面《かめん》をかぶったみたい。ジュンははっきりという。自分の未来を切り開きたかったら、男らしくしゃべって、男らしく戦わなきゃいけない。

アパは重心《じゅうしん》をうしろにうつして、手を背中で組む。よーし。それでいい。

あたしはほっとして、それまでためていた息《いき》をふーっと吐く。

ジュンがあたしのほうをむく。

アパは歩きだすふりをして回れ右をするけど、いきなりまたくるっとジュンのほうをむく。片足でバランスをとって、いきなりジュンのおなかにけりをいれる。

ジュンはなにがあったかわからずにいる。まったくのふいうちだった。ガラスの仮面がこなごなに割れて、痛みの表情がむきだしになる。いきなり何歳《なんさい》も年とったようにみえる。ジュンがいた場所に、いまではしわだらけのおじいちゃんが立っている。腰《こし》が曲がって、おなかをおさえて、歩くこともできずに。

オンマがあたしをわきに追いやって、ジュンにかけよろうとした。アパがすかさずオンマの肩をがしっとつかんで引きとめる。ジュンは息をすおうと必死になって口を大きくあけて、あえいでる。アパがオンマを自分の前に押しだして、家のほうに体のむきを変える。そしてしずかにいう。ジュンは思い知る必要《ひつよう》があるんだ。

アパは、ちらかったレゴのところでいったん立ちどまってジュンにいう。さっさとかたづけろ。おわったらすぐコモの家にいくぞ。おくれるわけにはいかん。

ジュンはよろよろとレゴに近づいていく。

アパとオンマがなかにはいっていくとき、あたしはわきにどいた。そしてふたりがいってしまうと、ぱっと外にかけだしてジュンのかたづけを手つだう。いっしょにひざをついて、お城を分解《ぶんかい》する。

「あんなやつ、大っきらいだ」ジュンがいう。

あたしはだまってうなずいて、灰色の小さいブロックを箱にもどす。赤い旗《はた》をブロックから引きぬこうとしたとき、旗が折れてしまう。

ジュンがポキッという音に気づいてあたしの手元をみる。「ぼくの旗が！」ジュンはさけんで、手をあげる。

あたしは手のひらのなかの折れた旗をみつめている。ジュンに平手打ちされて、耳がじんじんする。

あたしもジュンもつくづく感じてる。思いどおりにいくことなんか、なにひとつない。いままでいちどだって。

あのときもそう。アパが目をぎらぎらさせながら、近くの丘の上にあたらしくたった家をみせにつれてってくれたとき。アパはいった。もうじきだ、待ってろ。だけど、もうじきはいつまでたってもこなかった。ジュンとあたしは毎日、いつなのってたずねてたのに。食料品がはいってた茶色い紙袋《かみぶくろ》に服《ふく》をつめて、いつでもひっこせるようにしてたのに。

あのときもそう。アパあての手紙がきたとき。「次の一千万ドルの獲得者《かくとくしゃ》はあなたです！」って書いてあって、男の人がふたり、にかーって笑ってるぼやけたスタンプが押してあった。あのときジュンとあたしは、興奮《こうふん》のあまりすっかり舞いあがって、きゃあきゃあいいながら廊下《ろうか》を走りまわった。

それからもちろん、ハリーが死んだとき。ハリーのことは、思いだすだけでつらい。だってあのときはあたしたちは、いっしょうけんめいやったから。ほんとうにいっしょうけんめい。運がいいとか悪いとかいう問題《もんだい》じゃない。オンマやアパがうれしいことを知らせてくれるのをただ待ってるのとときともちがう。自分たちの問題だ。ジュンとあたしは、できるかぎりの努力《どりょく》をした。学校の先生からいわれてるように。そうすればきっと願《ねが》いがかなうからって。だけど、だめだった。かなわなかった。

ハリーは、あたしたちが飼《か》ってた赤ちゃんの鳥だ。ひとりぼっちで鳴いているところをみつけてひろってきたみなしごの鳥。あたしたちよりかわいそうな身の上だった。ジュンがある日、町角《まちかど》のマーケットからの帰り道にみつけた。あの日もジュンはいつものように、あたしの前を走ってた。坂を下るときにスピードをあげて、背の低いビャクシンの茂みを飛びこそうとしてた。ぴょーんと飛びあがって、うまくこせたと思ったとたん、足が枝にひっかかった。

あのときジュンがころんだのは、運命《うんめい》だったと思う。もしハリーが助けを求めてピーピー鳴いてるときにジュンの顔《かお》が地面のすぐそばになかったら、あたしたちはハリーをみつけてなかった。ハリーはほんとうに小さい鳥だったから。遠くからみたら、地面に吐《は》いたつばにしかみえなかっただろう。

ハリーを家につれて帰ると、ジュンとあたしはチュック・ライスにお湯をいれてかきまぜて、のりみたいなものをこしらえた。あたしたちが病気になると、オンマがこれをつくって食べさせてくれる。ハリーが口をあけるたび、あたしたちはスプーンにすくったチュックをあげた。しばらくやってたらハリーはチュックまみれになったけど、鳴くのをやめて眠《ねむ》った。

ジュンは、オンマとアパにはハリーのことはだまってたほうがいいといった。「だってさ、オンニ、ハリーはぼくたちの鳥だもん。ぼくたちでめんどうをみなきゃ」ジュンはしかめっ面をして、まゆをよせた。「それに、飼っちゃだめっていわれるだろうし」

そこであたしたちは、ハリーを古いタオルでくるんで靴《くつ》の箱にいれた。それからジュンのクローゼットの奥にかくして、むらさき色の鼻をしたゾウのエリーを護衛《ごえい》に立たせた。あたしたちはハリーを、ちゃんとした親みたいにかわいがろうとした。やさしく話しかけながら、ハリーの短くて黒い羽をなでた。ほおずりをして、強い鳥になるんだよっていった。

放課後《ほうかご》、あたしたちは「じゃんけんぽん」をして、どっちが箱のそうじをして、どっちがハリーにごはんをあげるか決めた。

「いい？」あたしはジュンにたずねた。

「よーし」

「じゃん、けん、ぽん」そういいながら、グーにした手をふる。

ジュンが開いた手のひらをだした。紙。

あたしはV字にした二本の指をだした。はさみ。はさみは紙を切る。

「勝ったー」あたしはいって、そうっとハリーをすくいあげた。ジュンが箱を持って、においに顔をそむける。

「いつごろ、飛ぶのを教えたらいいと思う?」あたしはチュックをハリーの口のなかにスプーンでいれてやりながらたずねた。

「もうすぐじゃないかな」ジュンはいいながら、くしゃくしゃにした紙で箱のよごれをぬぐった。そして、にやっとしてこっちをみた。「ハリーはきっと、大きくなったらワシになるよ」

あたしはハリーのほそい首をみつめた。それはどうかなと思ったけど、だまってた。

ハリーが少し大きくなってきたので、ジュンはハリーを両手でつつんで、部屋《へや》じゅうをブーンっていいながら走りまわった。

「顔に風をうける感じを教えてやってるんだ」ジュンは、あたしがハリーがめまいがしちゃうんじゃないかって心配《しんぱい》すると、そういった。あたしはひざをかかえてソファにすわって、ジュンがかべに衝突《しょうとつ》しませんようにってお祈《いの》りしてた。ハリーも鳥なんだからいつかは飛ばなきゃいけない。これからぐんぐん大きくなるはず。

ところが、ハリーはやめた。大きくなるのを。呼吸《こきゅう》をするのを。ある日クローゼットのドアをあけたら、光があたってもハリーの鳴き声がしなかった。あたしは箱をとりだした。ハリーはタオルのなかで丸くなってた。ぴくりとも動かずに。お日さまの光がベッドにふりそそいでる。自分の目を信じたくない。あたしは目を閉じた。次に目をあけたら、ハリーは動くかもしれない。だめ。あたしは泣きだした。ジュンのほうをみると、背筋《せすじ》をのばして立ちすくんだまま、ベッドの上のかべをみつめてた。両手をにぎりしめたり開いたりしながら。あたしが肩《かた》にふれると、ジュンはふりはらった。

あたしたちはハリーを丘の上に埋めた。あたしたちが住むはずになってるけど、まだ住めない丘の上に。ハリーを高い場所にいさせてあげたかった。そうすれば、少なくとも空がよくみえるから。あたしたちがむかってるあたりには、たったばかりの家がたくさんあったけど、あたしたちはまるで住んでいる人みたいな顔で歩こうとした。つぎがあててあるジーンズをはいて、色があせたぴちぴちのTシャツを着て、古い靴箱とむらさき色の鼻《はな》をしたゾウを持って。だれもあたしたちを引きとめなかった。

丘の上に、まだ家がたってない場所があるのをあたしたちは知っていた。ざらざらした泥の地面に木が数本たってるだけの場所。日の光が弱くなっていくのを背中で感じながら、ジュンとあたしはひざをついて、スプーンで地面を掘《ほ》りはじめた。そよ風が吹いてきて砂ぼこりが舞いあがり、あたしたちは顔も髪《かみ》も鼻の穴《あな》も泥だらけになった。

お日さまが地平線《ちへいせん》にしずんで、夜が空の高いところで待ちかまえているころ、あたしはハリーの箱を穴にいれた。ジュンがその上に護衛役のエリーをおいた。エリーのピンク色の毛が地面のなかにみえなくなると、ジュンとあたしは立ちあがってポケットにスプーンをいれた。爪《つめ》の先が土で黒くなってた。つついてだそうとしたけど、よけい奥にはいりこんじゃった。あたしはいらいらして、両手をポケットにつっこんだ。それから、ジュンをちらっとみた。

ジュンはうつむいたままだった。胸《むね》のあたりがほとんど上下しない。目は、シーツの下のテディ・ベアくらいに少しだけもりあがった地面に釘づけだ。あたりがうす暗かったせいかもしれない、それとも、じっとしていることなんかほとんどないジュンが、手も動かさなかったせいかもしれない。とにかく一瞬《いっしゅん》あたしは、そこにいるのはジュンの亡霊《ぼうれい》なんじゃないかって思った。なんとかジュンをこの世にもどさなきゃ。

「テレビとか教会《きょうかい》でやってるみたいにお祈りしようよ」あたしはいった。ハルモニがあたしをひざにのせてゆらしながらお祈りすると、いつも気分がよくなったことを思いだして。

「なんで?」ジュンはいって、あごをくいっとあげた。

「だって、人が死ぬと、お祈りをして神さまに感謝《かんしゃ》して……」

「感謝しなきゃいけないようなこと、神さまはひとつもしてくれてないじゃん」

どう答えたらいいか、わからなかった。そこであたしはつづけた。「じゃ、ハリーのことをなにかいうだけでもいいんじゃないかな。お祈りじゃなくてもいいから」

ジュンは肩をすくめたけど、その場から動かなかった。あたしはくちびるをなめて、はじめた。

「ハリー、あなたが死んじゃって、あたしたちほんとうに悲しい。飛ぶこととかいろいろ、教えてあげるつもりだったのに。食べ物が足りなかったとか、ほんとうのお母さんがしてあげるようなめんどうがみられなかったとかだったら、ごめんね」涙《なみだ》がこぼれそうなのがわかった。そこであたしは、あわててしめくくった。「バイバイ、ハリー」

ジュンは両手をジーンズのわきでぬぐった。いくらやっても汚れが落ちないみたいに、いつまでもこすってた。あたしは静かに泣いた。でもジュンは、まったく声をださなかった。涙がおさまると、あたしたちのあいだに沈黙《ちんもく》が広がった。そのうち、もうなにもいうことがないと思って、あたしは帰ろうとした。

とぎれとぎれの小さい声で、ジュンがやっと口を開いた。「ハリー、大好きだよ」ジュンは星を目でさがしていた。「思いどおりにいくことなんかない。ひとつも」

百セントの夢

お願《ねが》い、オンマ。たった一ドルだから。

オンマは、数字がいっぱい書いてあるオレンジと白の用紙をみつめている。

二千三百万ドルという数字をみて、あたしはどうしてもオンマを説得《せっとく》しようっていう気になる。

あたしはオンマにいう。あたったら、お金持ちになれるんだよ。

オンマが頭のなかで、かかるお金のことを考えてるのがわかる。指で用紙をはさんでさすってる。まるで、高価《こうか》な絹の布みたいに。

オンマはいう。アメリカじゃ、一セントだってむだにできないのよ。前にあたしは、一セントを紙くずといっしょにゴミ箱にほうり投げてるのをオンマにみつかってどなられたことがある。お店で一セント足りなくて買い物させてもらえると思うの、って。

あたしは思わずいいかえした。ほんとはさからうつもりなんかなかったのに。オンマ、たったの一セントだよ。一セントじゃ、なんにも買えないよ。

オンマはまゆをよせた。あなたは生まれてくる家をまちがえたらしいわね。お金をごみみたいに捨ててもなんにもいわない親のところに生まれてくればよかったんだわ。

オンマは一セント硬貨《こうか》が大好きだ。ガレージセールでみつけた古いガラスの花びんに、お花みたいに大切にいれてる。オンマがためた一セント硬貨で日用品を買ったことも、何度かある。オンマが一セント硬貨を百万個もカウンターにおいて、店員がむっとしながら数えてるとき、あたしは恥《は》ずかしくてたまらない。そんなときはオンマから少しずつはなれて、あたしはこの人の娘じゃありません、て顔《かお》をする。一セント硬貨を金貨みたいに大切《たいせつ》にためこんでる貧しい東洋人《とうようじん》じゃありませんん、て顔。

オンマはおさいふの奥をかきまわして、夢をかなえてくれるかもしれないくじを買う小銭《こぜに》をさがしはじめる。いいわよ。オンマはいう。くじを買いなさい。

「うんっ!」あたしはさけんで、大喜びで数字をマークしはじめる。

まず、好きな数字のとなりのだ円をぬりつぶす。11。あたしが生まれた日。それからくちびるにペンを押つけて、ほかにラッキーナンバーはなかったかなって考える。ハリーは七日間生きた。あたしは7の横のだ円をぬりつぶす。ハリーが力をかしてくれるはず。そして、ちょっとやさしくしてやろうと思って、次の数字を17にする。ジュンが生まれた日だ。あと三組だ。

オンマ、好きな数字ある?

オンマは顔をあげて、一瞬《いっしゅん》くちびるをすぼめ、それからゆっくりとほほ笑みをうかべる。すると、目のあいだにうっすらついてた心配そうなしわが消える。オンマはしずかにいう。10。わたしが好きなのは、10よ。

あたしはどうしてってたずねようとしたけど、オンマはさっそくおさいふのなかをひっかきまわして小銭をさがしてる。あたしはしんちょうに、オンマのために10の横のだ円をぬりつぶす。アパが好きな数字はなんだろう？ くる日もくる日も、昼間は庭師《にわし》、夜は弁護士事務所《べんごしじむしょ》のそうじをして、手に茶色いたこができてるアパ。あたしはペンをぐるぐる動かしながら、どこをぬろうか考える。そしてやっと、1のとなりのだ円の上にペンをおく。あたしにとってひとりだけのアパだから1。ハルモニにお金をおくってあげなきゃいけないひとり息子のアパだから1。

最後は23。あたしたちの生活を魔法《まほう》みたいによくしてくれるかもしれない数字だから。もうこれからは、ドアを閉めて、夜遅《おそ》くにお金のことでいい争ったりしなくていい。小さいお肉の切れはしがみえなくなるほど白いごはんをおちゃわんに山もりにすることもない。一セントをためておくこともない。あたしは用紙にマークしおえると、オンマにむかってひらひらさせた。オンマは手のひらに、あたしたちの夢をかなえるチャンスをにぎりしめて立ってる。

カウンターにスーパーロトの用紙をおいて、あたしは青く光ってみえる六つのだ円をみつめる。

「スーパーロトのチケットを一枚お願いします」あたしはいう。

オンマが小銭をカウンターにおく。二十五セント硬貨が一枚、十セントが二枚、五セントが五枚、それから一セントがたくさん。あたしは一セントの山をみて鼻《はな》にしわをよせて、べつのところに目をむけようとする。カウンターの女の人はオンマがお金を数えてるのをじっとみてる。あたしは、お金持ちになったらできることをあれこれ考えて気をまぎらわそうとする。

車で家に帰るとちゅう、できないことなんかひとつもない気がしてきた。あたしはオンマにたずねる。くじがあたったら、なにがしたい？

うーん、みんなにあたらしいくつを買うわね。オンマは、つま先がきつくなってるあたしのスニーカーをみる。

スニーカー！　スニーカーなんか、二千三百万ドルで買うほどのものじゃないよ。それだけお金があれば、新車だって、家だって買えるんだよ！　丘の上の家のことが頭にうかぶ。窓がアイスキャンディみたいにすきとおった緑のガラスで、金のとってがついた玄関《げんかん》のドアがひとつどころかふたつもある家。

そうね。だけど、足が痛かったらどうしようもないでしょう？

オンマがこんなふうに正しいことばかりいうと、いやんなっちゃう。もっと気を大きく持てばいいのに。ねえオンマ、どんな車にのりたい？

オンマはしばらく考えながら、とおりすぎる車をまじまじとみつめる。オールズモビル。オンマはいう。

オールズモビル？　あの、二車線も占領《せんりょう》しそうな大きくて古くさい車？

そうよ。

あんな車、大きすぎるよ。ベンツとかポルシェとかは？　あたしは、自分がオンマといっしょに流線型《りゅうせんけい》のはやいポルシェにのっているところを想像《そうぞう》しながらたずねる。

オンマは首をふって、死角《しかく》をたしかめてから、車線を変える。

オールズモビルはね、安全だし、ゆったりしてるもの。あれだけ大きければ家族全員がのれるわ。ほら、わたしの友だちのケイ、知ってるでしょう。レストランでいっしょの。ケイがいってたわ。オールズモビルとトヨタが衝突《しょうとつ》したのをみたことがあるんですって。トヨタはへこんですっかりだめになっちゃったけど、オールズモビルはバンパーにすり傷ができただけだったそうよ。オンマは目を大きくみひらく。片手をハンドルからはなして、カープール（グループを作って相のりするしくみ）の黒いオールズモビルを指さす。それからあたしのほうをむいていう。あれが、わたしがいつかのりたい車よ。

オールズモビルか……。ふつうの車をけちらすくらいがんじょうな車。ステーションワゴンにも負けないんだろうな。とくに、いそいで左折《させつ》するとうしろの右のドアがあいちゃったり、坂道をのろのろのぼってるとかならずクラクションを鳴らされたり、黒いオイルがもれて道にこぼれちゃうようなステーションワゴンなら、なおさら。おんぼろのステーションワゴンなんか、オールズモビルとはくらべものにならない。

オンマが運転してるあいだ、あたしは夢みてた。クローゼットには、デパートの香水がまだぷんぷんにおってる新品の服《ふく》がずらっとならんでる。食糧品棚《しょくりょうひんだな》には、アンテンマンのケーキやら、黄色い文字が書いてあるにせものじゃなくてほんもののシリアルの箱がつまってる。広々としたガレージにはオールズモビルとポルシェがならんでて、かべには棚がとりつけてあって工具類がきちんとかかってる。

家に着くと、あたしはすぐに部屋《へや》にいって、世界のいろんな写真がのってる社会科の教科書をながめた。指で地図をたどりながら、遠い国の名前を口にだしていってみる。ニュージーランド、ギリシア、フランス、イタリア、日本、韓国《かんこく》。ベッドに寝ころがって想像する。船で世界を旅してるとき、海の風を顔にうけているところを。ジェリービーンズの形をしたプールで泳《およ》いで、熱い太陽の下でレモネードをのもう。

「ヨンジュ、夕ごはんだよ」ジュンがドアから顔をだす。げっぷをして、ドアをばたんと閉める。あたしの船は、いきなり家に引きもどされる。

夕ごはんのあいだじゅう、あたしはいすにすわったまま何度も体をひねって時計をみた。マジックナンバーの発表をみのがしたらたいへんだ。はじまる時間もチャンネルもちゃんとわかってる。なにしろ土曜日は、マイケル・マークソンの『六時のニュース・アワー』のあと毎週かかさずみてるから。

アパがうなるようにいう。ヨンジュ、よそみばかりするんじゃない。ぎょうぎよく食べなさい。あたしは姿勢《しせい》を正して、いそいで食べちゃおうとする。スプーンをカチャカチャいわせて、おちゃわんのなかにはりついてるごはんをかき集める。

ヨンジュ！　アパがおはしをあたしにむかってつきだす。何度いったらわかるんだ。ものを食べるときに音をたてるのはぎょうぎが悪いことなんだぞ。やり直しだ。

あたしはがっくり肩《かた》を落とす。できるだけしんちょうに音をたてないように、おちゃわんのなかにまるでおぼれそうになってる人みたいにはりついてる米粒《こめつぶ》をかき集める。さいごのひと粒を食べおわるまで、食卓をはなれちゃいけないことになってる。食べおわると、あたしはオンマのほうをちらっとみる。オンマはあたしのおちゃわんのなかをみて、うなずく。

部屋にもどるとあたしは、夜になるとカチコチうるさい古いめざまし時計をにらんでた。あと十五分。祈るような思いで、いっしょうけんめい念じる。アパがはやく食べおわって、外にでてくれますように。そうすればリビングのテレビがつけられる。そのうち玄関のドアがバタンという音がきこえてきた。アパが食後のたばこをすいに外にでたんだ。あたしは部屋から飛びだす。

「ジュン、はやく！　もうすぐ二千三百万ドルがあたるんだから」あたしはさけびながらリビングにむかう。

「なんのことだよ?」ジュンが廊下《ろうか》につったったまままたずねる。

「ほら、これ!」あたしは、六つのマジックナンバーが書いてあるオレンジと白のくじを、オンマのおさいふからとりだす。それをジュンにむかってひらひらふる。まるでオリンピックでひいきのチームを応援《おうえん》してるときみたいに。

「あたるわけないじゃん」ジュンはばかにしたようにいうけど、とりあえずソファに腰《こし》かける。

「ううん、あたるってば! 感じるんだもん」あたしはいう。ほんとうに感じる。しあわせの予《よ》感《かん》が、いまにもおなかの底からあふれだしてきそう。

オンマ。あたしはテレビをつけながらよぶ。みたくないの?

はじまったら教えて。そうしたらいくわ。オンマの声が、水の流れる音とお皿がガチャガチャいう音にまざってきこえてくる。

あたしはチャンネルを7に合わせる。青いしまのネクタイをしめたマイケル・マークソンがうつってる。しばらくじょうだんをいって、番組をおえる。コマーシャルがいくつか流れたあと、黒と白のスーツを着て蝶《ちょう》ネクタイをしたアナウンサーがでてきた。いよいよ番号の発表だ。

オンマ。はじまる!

オンマがタオルで手をふきながらあわててリビングにくる。ソファのはしっこに腰かけて、身をのりだす。テレビにむかって目をぱちぱちさせる。

「さあ、今週の二千三百万ドルの大あたりのナンバーを発表します」アナウンサーがきびきびという。数字の書いてあるボールがかごのなかで回る。そして、ひとつ飛びだす。

「10」アナウンサーの声がひびく。あたしはうれしさのあまり悲鳴《ひめい》をあげて、自分のくじに書いてある数字を指さす。

「19、31、27、14、39。今週のラッキーナンバーは、19、31、27、14、39です。スーパーロトに参加してくださってありがとうございました」

大あたりのナンバーが画面のまんなかにでてきて、明るい青を背にしてうかびあがる。あたしは自分が持ってるくじの番号とてらしあわせる。いっしょなのは、10だけ。もういちどたしかめようと思って画面をみると、数はもう消えていて、ネコがおどりながら子ネコの歌をうたってた。もうおわっちゃったの？　こんなにはやく？　部屋のなかはむっとして暑苦《あつくる》しい。午後の日だまりのなかで昼寝《ひるね》をしてて目がさめたときみたい。

ヨンジュ、ひとつあたったじゃない。オンマがやさしい声でいう。そしてあたしの肩をぽんとたたくと、立ちあがって残りのお皿洗いをしにいく。

「ひとつあたったって、なんにももらえないじゃん。くっだらねえ」ジュンがぴしゃりといって、チャンネルを変える。

あたしは恥ずかしくてうつむいたまま、ぼろぼろにすり切れた黄色いラグをみつめていた。あんまり安っぽくてガレージセールにもだせない。あたしは爪《つめ》をかんで、買いたいと思ってたものを思いだそうとする。でもあたしの夢は、テレビからきこえてくる銃《じゅう》を撃ちあう音と、キッチンでお皿がガチャガチャいう音にまぎれて消えていく。

半日の夢が一ドル。高くて、安い。あたしはため息をついて、ひざをかかえ、シャツの襟《えり》を口にくわえる。だけど、どこかにあたった人がいる。だれかが大あたりしてるはず。あたしたちにだって可能性《かのうせい》がある。シャツのやわらかいコットンがつばでだんだんしめってくる。あたしは襟をくわえたまま、来週のスーパーロトのくじを買うお金をどうやってつくろうか考える。足がしびれて姿《し》勢《せい》を変えたとき、視線《しせん》のすみっこに、きらっと光るものがとびこんできた。あたしはそっちをみる。あった。明かりの下で光ってるのは、オンマが一セントを集めてる小さいガラスの花びん。ううん、だめ。あたしは首をぶるぶるっとふる。でも……あたしは視線を天井《てんじょう》にさっと走らせてから、むこうのかべをみる。本棚のほうに……やっぱりある。

百セントをポケットにいれたら、ずしりと重たいだろうな。お店のカウンターにおいたら、大きい音がするだろうな。今日カウンターにいた女の人は、オンマの赤くひび割れた手をじーっとみてたっけ。オンマが、二十五セント硬貨を一枚、十セントが二枚、五セントが五枚、一セントを三十枚、数えてるあいだずっと。あたしは、さびついたきたない一セント硬貨をみつめながら思う。これが何百万ドルに変わるとしたら？

たしかめる

アパが前を歩く。あたしは一歩さがってついていく。アパは手に持ったくしゃくしゃの紙をじっとみてから、灰色のしっくいの建物についてる番号をみあげる。あたしは声をださずにプレートに書いてある文字を読む。移民《いみん》・帰化局《きかきょく》。

ここだ。アパがいって、こっちをむく。あたしはうなずいて、アパのあとをついてガラスのドアの前にいく。ドアを押してなかにはいると、いきなり、列のいちばんうしろにつかされる。金属探知器《きんぞくたんちき》。空港《くうこう》みたい。あたしは横に身をのりだして、女の人がゲートをとおるあいだ青い制服《せいふく》を着た男の人がかぎをあずかってるのをながめる。あたしたちはならんで順番《じゅんばん》をまつ。

金属探知器をとおると、アパは目の前にあるドアと表示《ひょうじ》をみつめる。いっしょうけんめい文字を読もうとしてる。あたしのグリーンカードを更新《こうしん》するにはどこにいったらいいか、考えてる。アパはドアを親指でさっとさしてたずねる。なんて書いてあるんだ？

「関係者以外立ち入り禁止《かんけいしゃいがいたちいりきんし》」

アパはあたしが韓国語《かんこくご》になおすのを待ってる。

はいっちゃだめなんだって。ここではたらいてる人しかはいれない部屋《へや》だよ。

アパが、おおぜいの人が右手の広い待合室《まちあいしつ》にむかっているのに気づいて、あとをついていこうとする。

アパ。あたしは近くの両開きの木のドアにはってある表示を読んで、アパをひきとめる。

アパが面食《めんく》らった顔《かお》でふりむく。

こっちだよ。あたしはいって、反対の方向を指さす。

アパは首のうしろをかきながらもどってくる。

あたしが前を歩く。アパは一歩さがってついてくる。

また列だ。部屋にはいるためだけの列。あたしたちは順番を待つ。列の先頭に腰《こし》の曲がったおばあさんがいる。カールした白髪《しらが》頭《あたま》に、夏草みたいな色の目。おばあさんはあたしたちに、番号が書いてある小さい水色の札《ふだ》をくれる。

「インフォメーションの窓口用です。そこで、次はどの窓口にいったらいいかきいてください」

おばあさんは機械《きかい》みたいにくりかえしてる。アパが質問《しつもん》しようとして口を開いたときには、おばあさんはもう次の人に札をわたしてた。アパとあたしは列をはなれて、窓のない大きい待合所にはいる。黒いいすが何列もならんでて、人がすわったり、前かがみになったり、本を読んだり、うとうとしたりしてる。なかには、むし暑《あつ》い夏の午後のハエがとまってるみたいに、かべにそって立ってる人もいる。

部屋の正面には窓口が五つあるけど、あいてるのは三つだけ。それぞれカウンターの下に看板《かんばん》がかかってて、1から5の番号がふってある。それぞれの窓の上には数字が赤く光ってて、次に何番の人がよばれるかわかるようになってる。「インフォメーション」って表示してある窓口はひとつだけ。あたしたちは、前のほうにあいてるいすをふたつみつけてすわる。そのほうがはやく順番がまわってくるような気がして。

あたしはアパのほうに身をのりだして、アパが持ってる券をながめる。93。

「55番の方《かた》」インフォメーションの女の人がよぶ。

ひとつずつ、番号がよばれる。ひとりの人も家族連れの人も、立ちあがって質問をしにいく。十秒くらいでおわる人もいるし、いっぱいしゃべる人もいる。そんなときインフォメーションの女の人は首をかしげる。うすくたらした前髪《まえがみ》をふーっとふく。ときどき、ダークブルーのウールのセーターから毛玉をとる。話しおえた人はみんな、別の札をもらって、残りのふたつの窓口のどちらかにいくために順番を待つ。

「62番の方」

メキシコ人の夫婦《ふうふ》が窓口にいく。おそろいのぱりっとしたブルージーンズに、赤いリーボックのロゴが胸《むね》についたスウェットシャツ。両手にバッグをかかえた奥さんがほとんどしゃべってる。インフォメーションの女の人はバイリンガルで、スペイン語でてきぱき答えてる。べつの窓口を指さして、ふたりに札をわたす。だんなさんのほうはすぐに札をうけとるけど、奥さんはまだなにかききたいことがあるらしい。もうしばらく、やりとりがつづいたけど、とうとうインフォメーションの女の人はこれ以上答えるつもりはないって顔で、べつの窓口を指さすだけになる。

奥さんはあきらめて、だんなさんのところにいく。だんなさんはもう、少し窓口から左側にずれて、かべによりかかってた。ふたりは手にした番号札をじっとみる。それから顔をあげて、次にいかなきゃいけない窓口の上に光ってる数字の赤いランプをみる。だんなさんは両手をポケットにつっこんで、いすにもどっていく。奥さんはしばらくかべによりかかって立ったまま、赤く光る数字から目をはなさないでいる。はやく順番がまわってくるようお祈《いの》りしてるみたいに、口だけ動かしてる。

アパがすわったまま体のむきを変えて、ぶつぶついいはじめる。これじゃ一日中かかるかもしれない。どうして窓口をぜんぶあけないんだ？　アパは立ちあがって、待合所のなかを歩きまわる。あいてるいすにおきっぱなしの新聞をぱらぱらめくる。あたしはひじかけに腕《うで》をあずけて、ほおづえをつく。ほんとうに一日中かかっちゃう。学校のほうがまだまし。

インフォメーションの女の人が「93番の方」ってあたしたちの番号をよんだとき、アパはみつけだした古い「コリアン・タイムズ」に読みふけってて、きいてなかった。

アパ、よばれたみたい。あたしはアパの腕をつつく。

なんだ？　アパは新聞から顔をあげて、インフォメーションのほうをみる。

ねえアパ、札はどこ？

ここだ。アパはいって、ポケットのなかをさぐる。

インフォメーションの女の人がまたあたしたちの番号をよぶ。「93番の方」

ぜったいあたしたちの番号だよ。あたしは立ちあがる。いこう。

アパがあとからついてくる。まだ、番号札をさがしてる。

「ご用は？」インフォメーションの女の人がたずねる。

あたしが答えようとすると、アパがさっとあたしの前にでる。番号札をみつけたらしい。アパはしわくちゃになった水色の紙をカウンターの上において、質問する。「きた理由、グリーンカード。この子の」アパはあたしを指さす。

「では、3番の窓口にいってください。はい、番号札です」

アパは手をのばしてあたらしい札をとる。

「ちがう、待って」あたしは割ってはいる。「あたし、グリーンカード持ってます。更新するかなんかしなきゃいけないんだと思うんですけど」あたしはアパのほうをむいていう。アパ、あたしのグリーンカード、みせてくれる？

なにをしてるんだ？　アパがあたしにたずねる。少しまゆをよせている。このアジュンマはもう、次の窓口用の札をくれたんだぞ。

アパ、お願いだからグリーンカードをちょうだい。あたしはもういちどたのむ。せっぱつまってるせいで、声がかすれる。インフォメーションの女の人はカウンターをペンでコツコツたたいてる。アパがおさいふをとりだして、あたしのカードをみつける。それをインフォメーションの女の人にわたす。あたしが手をのばしてうけとろうとしてるのを無視《むし》して。

インフォメーションの女の人は、グリーンカードの裏にアリの行列《ぎょうれつ》みたいにずらっとならんでる番号と文字をみつめる。そしてあたしのほうをみてたずねる。「こんど十三歳になるのね？」

「はい、そうです。カードを更新しなきゃいけないんですよね？」

「ええ。さっきわたしした番号札をもどしてもらえますか。四番窓口用のあたらしい札をわたしますから」

あたしはアパのほうをむいていう。アパ、さっきの番号札、かえさなきゃ。

アパは低い声でいう。いったいなんなんだ？　おまえ、このアジュンマになにをしゃべってるんだ？　まちがったことをきいたらたいへんなんだぞ。もう一日休みをとってまたここにくるわけにはいかないんだ。

アパ、番号札をちょうだい。べつのをくれるって。アパがあたしにむかってまゆをよせたから、あたしはつけくわえる。正しい窓口用のだよ。

アパは、しぶしぶ水色の紙切れをカウンターにおく。インフォメーションの女の人がべつの番号札をくれる。36。それから、4番窓口を指さす。あたしたちはさっきとはちがういすにすわる。さっきのところには、中国人のおじいさんがふたり、すわってる。

4番窓口では、アパはしゃべらない。だまってあたしのグリーンカードを、さっきの女の人と同じダークブルーのウールのセーターを着た若い黒人男性にわたす。男の人はカードに目をとおしながらいう。「じゃあ、ヨンジュ、もうすぐ十三歳なんだね」男の人はカードをおく。「きみの名前、おじさん、ちゃんと発音できてたかな？」

あたしは思わずにっこりしてうなずく。

「ちょっと早いけど、ハッピーバースデー」男の人もうなずきながらいう。そしてグリーンカードをこちらにさっとすべらせる。ピアノがうまそうな指。長くてほそい。アマンダが、こういう指だったららくに一オクターブとどくのにっていってた。

「なにしてる」アパがいらいらしてたずねる。

「はい、何枚か記入していただく書類《しょるい》があるんです。それから、娘さんの写真をとってきてください」ピアノ指は机《つくえ》の下に手をのばして、用紙を何枚かとりだす。「お父さんでも娘さんでもかまいませんから、この書類に目をとおしてください。そうすれば、ヨンジュさんのグリーンカードを更新するために必要な手つづきがすべてわかります」

「ほかは?」アパがたずねる。「いま、ここですること。ないのか?」

アパ。あたしはいう。家で書類を読めばいいんだよ。

だまれ。アパはあたしのほうに指を突きさす。いまはおれがこの人と話をしてるんだ。

「お父さん、ご自宅《じたく》で書類をお読みになって、更新料と用紙と写真を郵便《ゆうびん》で送ってくだされば、いいんです。グリーンカード用の写真をとってくれる施設《しせつ》のリストもおわたしします」ピアノ指は、机の下からべつの紙をとりだしてアパにみせる。

「もうもどってこられない。仕事毎日ある」

「お父さん、もういらっしゃる必要はありません。用紙を送ってくださるだけでいいんですから」

アパ、お願い、もういこうよ。この人が書類をぜんぶくれたから、郵便で送ればいいんだよ。

おい。アパがどなる。おれがさっきなんていった? いまはおれが話をしてるんだ。

「お父さん、必要な書類はぜんぶおわたししました。こちらに用紙がぜんぶとどいたら、ヨンジュさんのあたらしいグリーンカードをお送りします」

「たしかめろ」アパはいって、書類をゆびさす。「もうもどってこられない。たしかめろ」

前にジュンの社会保障番号《しゃかいほしょうばんごう》をもらうとき、四回もまちがいがあって足を運ばされた。あれ以来アパは、だまされるんじゃないかっていう強迫観念《きょうはくかんねん》にかられてる。

「たしかめろ」アパがもういちどいう。

「お父さん、お待ちの方がたくさんいらっしゃるんです」

「おれも待った」

ピアノ指があたしをみる。

「お願《ねが》いします」あたしは背の高いカウンターに近づいて小さい声でいう。「すみませんが、もういちどだけ、書類を確認《かくにん》してください」

ピアノ指が顔の前で両手を組む。くちびるをぎゅっとひきしめて、あたしを、それからアパをじっとみる。しばらくのあいだ、一日中芝生をかっているせいで赤い日焼けのあとがくっきりついてるアパの首をみつめる。それから書類をもういちど手にとる。ゆっくりと指でめくる。すべての用紙をみおわると、身をのりだしてアパにいう。早口だけど歯切《はぎ》れのいいはっきりとした声で。「お父さん、必要な書類はすべてここにそろっています。よろしいですか？　用紙に記入して、小切手《こぎって》と娘さんの写真といっしょに送りかえしてください」ピアノ指はアパに書類を差しだす。

アパは書類を持って、しっかり読んでいるみたいに顔に近づける。ゆっくりと時間をかけて、指先をなめてはページを一枚一枚めくる。それをみていたら、あたしはかーっと血がのぼってきてほっぺたが赤くなるのがわかった。あたしは足もとをみつめて、深呼吸《しんこきゅう》をする。

「よし」アパはやっという。「もうもどらない。いいな？　もう仕事休めない」

「ええ。もういらっしゃる必要はありませんよ」

アパは窓口からはなれて帰ろうとする。

「ありがとうございました」あたしはピアノ指にいう。

ピアノ指はにこっとする。くいがずらっとならんでるみたいな白い歯がのぞく。あたしが回れ右をすると、次の番号をよぶ声がする。「37番の方」

車にもどると、アパはどかっと腰をおろして、茶色いたこができた指でグリーンカードの更新の書類をにぎりしめる。文字を読もうとして目をほそめるたびに目の下の黒いくまのところにしわがよる。それからアパは書類から顔をあげて、午後の道の混《こ》みぐあいをみる。どれくらいで家に着くだろう……夜、弁護士事務所《べんごしじむしょ》の掃除《そうじ》をしにダウンタウンにいく前に少し昼寝《ひるね》ができるかもしれない。アパは大きいため息をつくと、こっちをむいてあたしに書類をわたす。その瞬間《しゅんかん》、書類を手わたしするときはじめて、あたしたちの目があって、あたしは気づく。アパの顔は、これからもずっと太陽にさらされて日焼けしているんだろうな。

アパはエンジンをかけて、車を駐車場《ちゅうしゃじょう》からだす。道路から目をはなさずに、つかれた声でいう。

この書類を注意して読んでおけ。二度とあの役所にいきたくないからな。たしかめるんだ。

手をのばす

片手で枝にしがみついて、身をのりだす。風が耳元でうたう。あとほんのちょっと……枝をはなしてもう一歩近づけば、雲に手がとどきそう。だけど、こわくて枝がはなせない。だから、体を必《ひっ》死《し》でのばす。もう、すぐそこ。もうすぐ手がとどく。

電話の音で、あたしは夢からさめる。たったいま空から落ちたみたいに腕《うで》がずきずき痛い。目をあけて、寝がえりをうってうつぶせになる。手を広げて、枕の下にいれて、シーツの冷たい場所をさわる。あごを枕にのせて、窓から星をながめる。

雲の夢をみるのは、これがはじめてじゃない。アメリカに移住《いじゅう》してきてから、ちょっとずつちがうけど、何度も同じような夢をみてる。木から落ちるときもある。いちばん高い枝までのぼらないうちに目がさめることもある。だいたいは、身をのりだして、手をのばす。ただ、どの夢でもかならず、手がとどきそうでとどかないところに雲がある。雲はあたしの頭上すれすれに、白いシーツが何枚にもかさなってうねっているみたいにうかんでる。夢のなかであたしはどういうわけか、雲をつかめば天国まで飛んでいけるって信じてる。いちどもみたことないけど、夢のなかではたしかに存在《そんざい》している場所へ飛んでいけるって。天国へ。いこうとしてるのは天国なのに、目がさめるといつも自分の部屋《へや》にいる。

ヨンジュ。オンマが小さい声でよんで、あたしの部屋のドアをあける。

あたしは眠ってるふりをする。夢のことなんか考えてないふりをする。目をこすって、廊下《ろうか》から部屋にさしこんでくる明かりに目をほそめる。

なに、オンマ？

ヨンジュ。オンマはいって、ベッドのところにくる。あたしの顔《かお》を荒れた手でなでる。指がざらざらしてるから、顔がちくちくする。オンマの顔は涙《なみだ》でぬれている。

オンマ、どうしたの？　あたしはたずねて起きあがる。

オンマはくちびるをかんで、目をそらす。あたしの手をにぎって、そっという。ハルモニがいってしまったの。

え？　ハルモニがいった？　あたしは首をふる。どういう意味かわからなくて。いってしまった？　死んだってこと？　ハルモニとは四歳のときから会ってない。だから、ハルモニがもっと遠くにいっちゃったという実感《じっかん》が、いまひとつわかない。

オンマが、あたしの顔にほつれてはりついていた髪《かみ》をはらう。オンマはささやく。アパがとても悲しんでるわ。

あたしはすわったまま足をシーツからだして、ベッドからぶらぶらさせる。オンマの方に頭をもたせかけて、窓の外をじっとみる。

まさかこんなにはやくいっちゃうとは思ってなかったわ。オンマはいう。ハルモニは、いつでも強い人だったから。馬車馬《ばしゃうま》みたいだった。オンマはため息をつく。わたしたちが韓国《かんこく》に会いに帰るのを待っていてくれてると思っていたのに。

あたしはオンマの話をききながら、ハルモニの顔を思いだす。はっきりとうかんでくる光景はひとつだけ。あたしたちは海岸を歩いてた。ハルモニの長いスカートが風にぱたぱたゆれて、脚《あし》にまとわりついてた。ハルモニはかがみこんで、足首に巻きつかないようにスカートのすそをなおした。それからあたしの手をとって、こっちをむいた。沈む夕日のさいごの光をうけて、ハルモニの顔のしわがうすくなった。ハルモニの顔は、海岸の小石みたいにつるつる光ってた。

それ以外の思い出は、切れ切れでごちゃまぜになってる。あたしの背中にあてた手、眠る前にうたってくれた歌、あたしをのせてくれたひざのくぼみ、お祈《いの》りを教えてくれた声。心のなかからその思い出のかけらをぜんぶかき集めて、とりだして床《ゆか》にならべて、つなぎ合わせたい。だけど、それがほんとうの姿とはあまりにもかけはなれているのはわかってる。涙がくちびるまでつたって、しょっぱい。

オンマが肩《かた》を動かして、あたしははっとわれにかえる。ヨンジュ、アパのところにいってあげて。

アパと同じ気持ちでハルモニを愛していたのはあなただけなの。アパのところにいきなさい。

オンマ、どうしても？

オンマは舌打《したう》ちをする。まあ、なんていい草《ぐさ》なの？　アパがあんなに苦しんでるのに、なぐさめたくもないの？　なんて娘なんでしょう。

あたしはうなだれる。

オンマがあたしの腰《こし》に腕をまわす。はやく、ヨンジュ。アパのところにいきなさい。そうすればふたりとも、少しは気がらくになると思うの。

アパは、リビングの床にあぐらをかいてすわってる。ソファにもたれて、玄関《げんかん》の横の大きい窓の外をじっとみつめてる。電気はついてない。アパをてらしてるのは月明かりだけ。

アパ。あたしは、廊下からそっと声をかける。

アパはあたしの声にふりむくけど、あたしの姿は目にはいってないみたい。

アパ。あたしはもういちどいって、廊下から部屋にはいる。

ヨンジュか？　アパがいう。くちびるの両はじが、こんな時間にあたしが起きてるのをとがめてるみたいに下をむく。

うん、アパ。

どうして起きてるんだ？　明日《あした》は学校だろう。

うん。

はやくベッドにもどれ。もう寝《ね》なさい。アパはまた窓のほうをむいてため息《いき》をつく。

あたしはその場から動かずに、足の指でカーペットのけばけばをつかんでる。あたしたちはそのまま口もきかずに、何年とも思えるあいだそうしてた。でも時計の針は数分しかすすんでない。車が一台、家の前をとおりすぎるきしるような音が耳にはいって、あたしは窓の外をみる。月明かりが、ダイヤモンド形に交差《こうさ》するさくをてらしてる。いつもはみにくいとしか思えない模様《もよう》なのに、こうしてみると繊細《せんさい》な編み目のクモの巣が光っているみたい。

アパが咳《せき》ばらいをする。そして窓から目をそらさずにいう。ハルモニはまだ七十四歳だった。たった七十四だ。

まだ若かったんだね。

ああ。若かった。

あたしたちはまただまる。キッチンの蛇口《じゃぐち》から水がぽたぽた落ちる音がときをきざむ。パジャマしか着てないから、寒くなってきた。あたしは一歩あとずさる。あったかいベッドがよんでる。そのとき、あたしはふと思いついてたずねる。

アパ、お葬式《そうしき》に韓国《かんこく》に帰るの？

アパは首をふる。髪《かみ》に手を走らせて、頭の皮を、それから首をつかむ。そして小さい声でいう。

葬式にもでられない。なんて息子《むすこ》なんだ。おれは、なんてひどい息子なんだ。アパの肩がぶるぶるふるえる。

あたしはソファに近づいてって腰かける。そういえばよくハルモニが歌をうたって寝かしつけてくれたっけ。ハルモニがあたしの肩胛骨《けんこうこつ》のところをぽんぽんたたいて拍子《ひょうし》をとると、あたしは安らかな気持ちになった。あたしはその歌を口ずさんでみようとした。アパの背中《せなか》をさすってあげたくて手をもぞもぞさせてたけど、歌がのどにはりついたまま口からでてこない。あたしは手をおろして、口をつぐむ。

アパがあたしをみつめる。目じりが悲しみでひきつる。アパはいう。ハルモニは正しい人だった。いつでもみんなを幸せにしようとせいいっぱい努力《どりょく》していた。

あたしはこくりとうなずく。

アパはまたむこうをむいて、両手をお祈《いの》りしてるみたいに組み合わせる。そしてその手をくちびるにあてる。アパはひとりごとをいう。ハルモニは、ここにくる飛行機代《ひこうきだい》を人から借りちゃいけないといっていた。お金はもっと大切《たいせつ》なことに使えといっていた。アパが泣きだす。こぶしをひたいに打ちつけながら。ハルモニはよくいっていた。そうだ。ずっといっていたんだ。そうだろう？

アパ。アパ。アパ。あたしはなんどもよぶ。アパにいつもの自分をとりもどしてほしくて。捨《す》て子みたいに泣いてるこの人はだれ？　ものをいうときはかならずどなってるみたいになるあたしのアパじゃない。あたしは視線《しせん》を窓の外にうつす。ちぎれ雲が、月明かりを銀色のドレスのようにまとって、空にうかんでいる。

たぶんどこか、この空の上にハルモニはいる。きっと天国で、ハラボジとイエスさまにあいさつをしてる。天国にいれば、もう背中がいたくなることもない。天使といっしょに空を飛べるから、これからは、もう少しゆっくり、なんてたのまなくてもすむ。ハルモニは前から夢みてた。はやくいきたいって。天国へ。あたしはまだここで、手をのばしてる。

アパ。あたしはアパの肩に手をおく。ハルモニはもう天国にいるよ。韓国まで会いにいかなくてもだいじょうぶだよ。ハルモニにはアパがみえてるんだから。

アパはうなだれる。手をうしろにのばして、あたしの手をにぎる。

どんなにがんばっても、たりない

四角……写真立て……ドア。アパが、折りたたみ式テーブルの前にすわって、両ひじをついている。紙を一枚、顔《かお》に近づけてくちびるをうごかしながら、少しずつ外国語を読みすすめてる。紙をおくと、片手であごをささえて、もう片方の手で電卓《でんたく》に数字を打ちこむ。テーブルのはしっこにおいてある小さな緑色のスタンドがアパの顔をてらして、くっきりとした長い影を投げかけている。夜のなかへ。

キッチンで物音がする。あたしははっとして読んでいた本から顔をあげ、時計をみる。もう真夜《まよ》中《なか》すぎ。いすにすわったままのびをして、あくびをする。オンマがキッチンにいるのかな。もう寝《ね》てるはずなのに。夜、仕事がなくてうちにいられるのは、日曜だけだから。あたしはまたノートをちらっとみる。明日《あした》の歴史《れきし》のテスト、まだ自信がないけど、こんなにおそくなってじたばたしてもしょうがない。オンマのようすをみにいったら寝よう。

かべづたいに廊下《ろうか》を歩いて、キッチンからさしてくるほのかな明かりを目ざす。オンマの声がして、あたしはぎくっとして立ちどまる。

どこにいってたんですか?

おまえには関係ない。アパがどうでもよさそうに答える。

朝早くから庭師《にわし》の仕事があるっていうのに、前の晩にそんなに酔《よ》っぱらって。そんな無責任《むせきにん》なことでいいと思ってるんですか。

きこえなかったのか。アパが低い声でうなるようにいう。おまえには関係ない。

アパは大声でののしりながら、リビングにはいっていく。あたしは少しあとずさりをして、回れ右をして、そうっと部屋《へや》にもどる。ドアをしめてほっとすると、やっと心臓《しんぞう》のどきどきがおさまってくる。

物がこわれる音がひびいてくる。耳をふさぐけど、まだアパのどなり声がきこえてくる。おまえ、何様《なにさま》のつもりだ? おれに意見しやがって。バチン!

とめなきゃ。あたしは心のなかでいう。でていって、やめさせなきゃ。だけど、なにもできない。なにもいえない。バカなねずみみたいに、かべに耳をあてていてるだけ。

ヨボ、やめて。オンマが泣く。

おまえはおれをみくだしてるんだ。顔にそう書いてある。母親の葬式《そうしき》にもいけない息子《むすこ》のくせにって思ってるんだろう。甲斐性《かいしょう》なしのくせにってな。おまえはいつでも高望《たかのぞ》みしてる。だが、なにもない。みてみろ、おれたちはなんにも持ってない。おれがどんなにがんばっても、たりないんだ。おれの前から消えろ。おまえの不満《ふまん》だらけの顔をみてると息《いき》がつまる。

オンマのはげしい泣き声が空気をふるわせる。

玄関《げんかん》のドアがバタンという。遠くで、ステーションワゴンのエンジンがかかる音がして、夜のなかへ消えていく。

あたしは足音をしのばせて、また部屋をでる。オンマが暗いリビングの床《ゆか》にぺたんとすわって、しずかに泣いている。あたしは近づいてって、オンマの横にしゃがんで、影みたいにだまってすわってる。

オンマは胸《むね》のところでなにかにぎりしめて、泣きながら前後に体をゆらしてる。肩《かた》のふるえがおさまって、やっとまともに息ができるようになったのをみて、あたしはオンマの肩に手をおいていう。オンマ。オンマ。

ヨンジュ、寝なさい。オンマはため息をついて立ちあがろうとする。アイグ……。

あたしはオンマの腕《うで》をささえて、ソファにすわらせてあげる。明かりをつけると、オンマはまゆをよせてあわてて顔をそむける。だけどあたしは、オンマの目がはれてるのをみてしまう。

コーヒーテーブルがひっくりかえって、韓国《かんこく》の新聞がカーペットの上にちらばっている。アパのお酒くさい息が、部屋の空気にしみこんでいる。あたしはこわれた写真立てをひろいあげる。韓国の空港《くうこう》でとった家族写真が少しゆがんでる。写真をソファの上において、キッチンにいき、古いビニール袋《ふくろ》に氷をいれる。

オンマ、はい、これ。あたしはオンマに氷の袋をさしだす。オンマはうけとると、目にあてて、顔をしかめる。あたしはそばをうろうろしている。どうしたらいいか、なにをいったらいいかわからなくて。どうしたらオンマの助けになるのかわからなくて。オンマのひざの上に、家計簿《かけいぼ》がのってる。オンマはあたしの視線《しせん》に気づいて、家計簿をひざの下に押しこんでかくす。

ヨンジュ、もう寝なさい。

だってオンマ……。

ヨンジュ、お願《ねが》い。

あたしはくちびるをきゅっとひきしめて、オンマの気が変わるのを少しだけ待つ。

このことはだれにもいっちゃだめよ。オンマはいう。コモにもいわないで。さあ、もう寝てちょうだい。

あたしは部屋にもどる。

四角……写真立て……ドア。オンマがアパの折りたたみ式テーブルの前にすわって、両ひじをついている。家計簿を顔に近づけて、くちびるをうごかしながら、少しずつ数字を読みすすめてる。

家計簿をおくと、片手であごをささえて、もう片方の手で電卓に数字を打ちこむ。電卓に表示された数字と家計簿の数字をてらしあわせながら、オンマは無意識《むいしき》に右手の親指を前後に動かして、なにもはめてない左手の薬指が気になるみたいにさする。テーブルのはしっこにおいてある小さな緑色のスタンドがオンマの顔をてらして、くっきりとした長い影を投げかけている。夜のなかへ。

祈りの力

今日は教会《きょうかい》にいくわよ。オンマがきっぱりという。

ごはんと海草のスープで朝食をとっていたジュンとあたしは顔《かお》をあげる。

教会？　あたしはたずねる。

オンマは自分のスープボウルを持ってすわると、うなずく。この前、韓国市場《かんこくいちば》で買い物をしているときに、牧師《ぼくし》さんにお会いしたの。

えっ、まさか、あの一日中外に立ってる人たちの仲間《なかま》じゃないよね？　あたしはたずねる。

丸一日あそこに立ってるわけじゃないわよ。オンマはそういって、スープをひと口のむ。

あたしは目を閉じる。ズボンをあごのところまで引きあげて、白いボタンダウンのシャツを着てるあの人だ。毎週金曜と土曜、外に立ってる。神さまに祈《いの》ればどう人生を変えてくれるか書いてある紙をたくさん持って。前にあの人が、ホッチキスでとめたパンフレットをうけとらずにいこうとした人を追いかけて低い木の茂みを飛びこしたところをみたことがある。あの人が、うすいピンク色の歯茎《はぐき》をのぞかせてにかーって笑うのが、あたしはどうも苦手《にがて》だ。

オンマはスプーンをおいていう。グレース教会はまだできたばかりだし、牧師さんもすごく感じがよくて理解《りかい》のある人なの。オンマはスプーンをまた持ってスープをのむ。わたしたちの生活にはお祈りが必要だわ。オンマがつけ加える。

ジュンはなんにもきいてないふりをする。うつむいたまま、ひたすらスープを口にはこんでる。

アパは？　あたしはたずねる。アパも教会にいくの？

オンマは首を横にふる。スープから目をはなさないまま。

あたしは廊下《ろうか》に目をやって、アパがまだ眠ってる部屋《へや》のほうをみる。アパはだんだん、日曜日は庭師《にわし》の仕事にいかずに家でビールをのみながらテレビばかりみてるようになってきた。そんなときジュンもあたしも、自分の部屋に閉じこもって本を読んでいる。アパの目につかないようにしてるほうがいいから。

教会にむかうあいだ、ジュンは腕《うで》を組んでうしろの座席《ざせき》にすわってた。ときたま、わざと大きいため息《いき》をつく。まるでステーションワゴンを吹き飛ばそうとしてるみたいに。オンマはバックミラーをみもしない。ジュンが、アパと同じように、顔《かお》じゅうで不満《ふまん》をあらわしてるのを知ってるからだ。

あたしは助手席《じょしゅせき》にすわって窓の外をながめながら、ハルモニにお祈りのし方を教わったときのことを思いだす。ハルモニは両手をあたしの両手に重ねて、お祈りのことばをささやいた。あたしももう子どもじゃないから、ほんとうにだれかがきいててくれてるなんて信じてない。だけどオンマはまだ信じてるらしい。オンマをちらっとみると、頭のうしろを軽くさすりながら編んだ髪《かみ》がほつれてないかたしかめてた。オンマはあたしの視線《しせん》に気づくと、赤くなって手をハンドルにもどした。

グレース教会はただの地下室だった。上にある白人の大きい教会から借りてる。ときどき上の階で、みんなが賛美歌《さんびか》をうたうために立つ音がきこえてくる。足音がすごく大きくひびくから、天井《てんじょう》から雨がふってくるんじゃないかって気がする。地下室の大部分には、茶色のかたい折りたたみいすがならんでて、すでに人がたくさんすわってる。正面の壇《だん》の上には、髪の毛をなでつけててかてかさせてる男の人が立っていて、そのまわりには黄色と白の花がぐるっと二列かざってある。男の人はせかせかと本を何冊か用意して、お説教《せっきょう》をはじめようとしてる。あたしは首をのばして、木の茂みを飛びこした人と同じ人か、たしかめようとした。うしろから、ハイヒールの音が近づいてくる。男の子みたいに髪が短いのに、襟元《えりもと》に巻いたスカーフに合わせて明るいピンクの口紅をぬった女の人が、あたしたちに手をふる。

アンニョンハセヨ。女の人はいって、おじぎをする。わたくしは、牧師の家内のキムです。

アンニョンハセヨ。オンマもおじぎをかえす。パクと申します。ここにいるのが娘のヨンジュと息子《むすこ》のジュンホです。オンマがあたしたちを前に押しだす。

アンニョンハセヨ。あたしも頭を下げる。

ジュンは、ちゃんとしたあいさつらしきことばをぶつぶついうけど、頭は下げない。オンマはジュンをにらみつけて、ほっぺたをしきりにさすりはじめる。

パクさん。キムさんがいう。こんなに晴れた日曜の朝にあなた方をこの教会におむかえできて、たいへんうれしく思っております。今日はほんとうに、主のお恵《めぐ》みがありました、アーメン。

アーメン。オンマはおずおずという。

キムさんは、あたしとジュンのほうをむく。ヨンジュ、ジュンホ、ほかの子どもたちと日曜学校のシン牧師に紹介しましょうね。すぐ仲よくなれますよ。キムさんはオンマのほうをむいていう。シン牧師はとてもお話が上手《じょうず》なんですよ。お子さんたちも、日曜学校が大好きになるはずです。

あたしたちはキムさんのあとをついて、地下室の奥にある小さい四角い部屋にいく。大学生くらいにしかみえないいやせた男の人が、机《つくえ》によりかかって、鼻《はな》にかかった大きい声で話をしてる。オンマがあたしの背中《せなか》をドンと押す。にらもうとしてふりかえると、オンマはバイバイと手をふって、うしろ手にドアをそっと閉めてキムさんといっしょにでていった。ジュンとあたしはその場にとり残される。

部屋をざっとみわたして、すわる場所をさがす。部屋の角《すみ》に背の高い書類棚《しょるいだな》があって、机の上に電話がのってる。教室っていうより事務所《じむしょ》みたい。いちばん奥の、しきもののすみっこに、少しだけあいてる場所がある。あたしはジュンのシャツを引っぱって、ふたりそろって肩《かた》までの黒い髪をした女の子たちのとなりにいく。ふたりが前にさっとつめて、場所をあけてくれる。ジュンとあたしは、脚《あし》を交差《こうさ》させて床《ゆか》にすわる。

一時間くらい、シン牧師は韓国語と英語をつかって神さまの深い愛について話をした。ジュンはすぐにあきて、しきもののはしっこの糸をほぐしはじめた。あたしはまじめにきこうとはしてたけど、どうしてもすぐ前にすわってるふたりの女の子に目がいってしまう。十一歳くらいかな。十二歳かもしれない。おそろいの黄色いシャツに茶色い上着。もちろん髪型《かみがた》もいっしょで、おそろいのデイジーのバレッタでとめてるから、ふたごみたいにみえる。あたしはふたりの枝毛《えだげ》をさがした。

あんまり長いあいだすわってたから脚がじんじんしてきた。あたしはふたごのひとりの肩をたたいて、トイレの場所をたずねた。女の子はひそひそ声で教えてくれる。「ここをでて大ホールのなか。正面のドアのすぐ横よ」

あたしは足音をしのばせて、そーっと大きい部屋をつっきる。オンマがひとりで、うしろの列にすわってる。頭を下げて、背中を丸めて、肩を落としてる。一瞬《いっしゅん》あたしは立ち止まって、オンマの縮こまった小さい体をみつめる。部屋の正面にいる聖歌隊《せいかたい》が、天までとどけとばかりの高い声でゆっくりしたテンポの歌をうたってる。オンマはお祈りをしてるけど、まわりのみんなは歌をうたってる。

大人の礼拝《れいはい》がおわってから、あたしとジュンは集会室でオンマと落ち合った。ジュンはおやつがのってるテーブルの前にじんどって、四角いナプキンにせっせとドーナツをとっている。オンマは牧師さんの奥さんといっしょに歩きまわって、会う人会う人にあいさつしてる。部屋じゅうをまわりおえると、ジュンとあたしのところにくる。

そろそろ帰りましょう。オンマはいう。ほお骨のところが赤くそまってる。オンマはほつれ毛をそっと耳のうしろにたくしこんだ。

ジュンが帰りぎわ、ドーナツをもうひとつとる。

車で帰るとちゅう、オンマがあたしをちらっとみてたずねる。日曜学校はどうだった？

あたしは肩をすくめる。

ジュンホはどうだった？

お説教はたいくつだったな。ジュンがうしろの座席から答える。ドーナツはなかなかだったけど。

オンマはあたしたちのこんな態度《たいど》にも腹を立てない。もっといろんな人と知り合えば楽しくなってくるわよ、とだけいう。それから、鼻歌をうたいはじめる。ちゃんとした歌にはなってなくて、ポップコーンをひもでつないだみたいに、ただメロディをつぎはぎしただけ。うたってるうちに、うちに帰るためのハイウェイの出口をとおりすぎてしまう。

オンマ、出口、すぎちゃったよ。

わかってるわ。オンマはいう。まだ家に帰るんじゃないの。海にいきたいわ。

風の強い冬の日に海岸にくる人なんか、ほとんどいなくて、歩いてる人がちらほらいるだけ。風が吹きつけて、髪が顔のまわりではたはたゆれる。でも太陽がでてるからあたたかくて、暑《あつ》いくらいだ。ジュンが走りだす。とっくに靴《くつ》も靴下もぬいで、両手にぶら下げてる。砂をざーっとすべりながら、波打ちぎわまで走っていく。オンマとあたしは靴をぬいで、歩道を歩く。遠くで犬が、すぐ近くまでおりてきたカモメにむかってほえている。

オンマは片手にハイヒールを持って、ストッキングをはいた足を砂にうずめる。もう片方の手を目の上にかざして、水平線をじっとみつめる。今日は、空気がすーっと体にはいってくるような気がするわ。

あたしはうなずいて、足を砂にうずめてぐるぐる動かす。足の裏がじゃりじゃりして気持ちいい。

オンマが教会でみんながうたっていた歌をうたいだす。空までとどきそうだった歌。あたしはオンマの歌をじっときいている。オンマの声が高い音をはこんでいく。

アメリカかぶれ

アマンダがはじめてパーティを開く。ビーチでやるお誕生日《たんじょうび》パーティ。男の子もくる。あたしはいけない。オンマもアパも、あたしの親友がアメリカ人なのが気にいらない。あたしに悪影響《あくえいきょう》をあたえるんじゃないかって。アメリカ人のだらしないのがうつるって。アメリカの女の子は勉強しないし、男の子のことしか頭にないし、自分のことしか考えてないって思いこんでる。オンマもアパも、あたしにはそんなふうになってほしくないんだって。

ねえオンマ、お願《ねが》い。あたしはオンマのあとをついて廊下《ろうか》を歩いてキッチンにいく。アマンダのお誕生日なんだよ。

だめよ、ヨンジュ。アマンダには学校で会えるんだから、そのときプレゼントをわたせばいいでしょう。わざわざいっしょに海にいくことありません。

なんで？　あたしはどさっといすに腰《こし》かける。オンマ、どうして？　海にいくのがどうしてそんなにいけないの？

まったく、すぐにどうしてなんだから。そんなの、アパにきかれたらたいへんよ。前から、質問《しつもん》が多すぎるっておこられてるでしょう。いい、ヨンジュ。海ならまたこんどいけばいいじゃない。オンマはいって、冷蔵庫《れいぞうこ》からネギをとりだして流しで洗いはじめる。

そういう問題《もんだい》じゃないんだってば。アマンダはあたしにパーティにきてほしがってるの。あたし、親友なんだもん！

オンマはネギを、コンロの近くにおいてあるまな板のところに持っていって、まゆをよせてあたしをちらっとみる。気にさわったらしい。

あたしは攻《せ》め方を変えることにする。オンマ、アマンダってすごくやさしいんだよ。ほら、前に風邪《かぜ》ひいて学校休んだときだって、授業《じゅぎょう》のノートをぜんぶとっといてくれたんだから。

ほんと、やさしいわね。オンマはいってネギを半分に切る。

それからあたしのお誕生日には、このネックレスをくれたんだよ。あたしはシャツの襟《えり》の下から「永遠《えいえん》にお友だち」って書いてある、ハートを半分にしたネックレスを引っぱりだす。

オンマはくちびるをきゅっとすぼめただけで、あたしのほうをみもしない。半分に切ったネギをならべてみじん切りをはじめる。まな板の上は、緑と白のうすいスライスだらけになる。

あたしはいすにどっかり腰かけたままいう。それに、お昼を買うお金がなかったとき、少しおこづかいを貸してくれたんだよ。

なんですって！　オンマがいきなりみじん切りをやめる。包丁《ほうちょう》を手に持ったまま。

なんでもない。あたしはあわてていう。

ヨンジュ、さっきなんていったの？　オンマは包丁をふる。

あたしはほっぺたをかきながら、天井《てんじょう》をみあげて、ため息《いき》をつく。先週、うちでパンを切らして、お昼を買うお金もなかったとき、アマンダが少し貸してくれたの。

ヨンジュ、なんてことしてくれたの？　オンマはなげきながら包丁をまな板の上におく。アー・マン・ダーからお金をもらったの？

うん。アマンダは友だちだし、貸してくれるっていったから。

恩義《おんぎ》ができたのね。オンマは流し台によりかかる。

恩義なんかないよ、オンマ。ちゃんとかえすもん。

ヨンジュ、他人からものをもらっちゃいけないって教えなかった？　ほかの人に借りをつくっちゃいけないって。

オンマ、アマンダは友だちなんだよ。あたしは立ちあがって、腕をふりまわす。ここはアメリカなんだから。アメリカじゃ、友だちからお金を借りてもいいんだよ。

だまりなさい。オンマはいう。わたしたちは韓国人《かんこく》です。忘れちゃだめ。

あたしはまたすわる。韓国人って……じゃ、どうしてアメリカにうつってきたの？

パーティにいってもいいわ。オンマがいきなりいう。

あたしはあんまりびっくりして、自分の耳をうたがう。いま、いいってきこえたけどなんていったの？　あたしはたずねる。

迷惑《めいわく》をかけたんだから、そのぶんの義務《ぎむ》を果たさなきゃいけないわ。それに、借りたお金をはやくかえさなきゃ。オンマは首をふる。まったく、わたしはなにを教えてきたのかしら？　これからは、アー・マン・ダーからぜったいにものをもらっちゃだめよ。わかった？

うん、オンマ。あたしはぱっといすから立ちあがって、パーティにいくしたくをする。オンマの気が変わったらたいへん。

オンマに車で送ってもらって埠頭《ふとう》に近づいていくと、遠くに学校の友だちがいるのがみえた。あたしはオンマのほうをむいていう。オンマ、とめて。ここでいいよ。

ステーションワゴンのブレーキがうなりをあげて、キィーッときしむ。オンマは縁石《ふちいし》の横で車をとめる。

オンマがみんなのほうをみてまゆをよせる。あそこにいるのが友だちじゃないわよね？

あたしはオンマから顔をそむけて、窓から砂浜をながめる。そして小さい声でうそをいう。あれはちがうグループ。ここでおろしてくれれば、アマンダをさがすから。埠頭の近くにいるっていってたの。

ちゃんとみつけられるのね？　オンマは心配そうにいう。

あたしは車のドアに手をかけて押しあける。だいじょうぶだよ、オンマ。どこらへんにいるか、わかってるから。ね、帰りはアマンダのとこの車でうちの前まで送ってもらうから、むかえにこなくていいんだからね。

わかってるわよ。オンマがいう。

あたしは車からおりて、バイバイと手をふる。オンマは助手席《じょしゅせき》ごしに身をのりだして、あたしに指切りさせる。ヨンジュ、かならずアー・マン・ダーに借りたお金をかえすのよ。お行儀《ぎょうぎ》よくして、アー・マン・ダーのご両親の手つだいをなさいね。

あたしは早く閉めようとドアに手をかけていう。わかったよ、オンマ。あたしはまた手をふる。

「バイバイ」

オンマも手をふりかえす。ヨンジュ、楽しんでらっしゃい。

あたしはドアを閉めて歩きだす。オンマがアクセルをふむと、ステーションワゴンがバタバタ音をたてる。ふりかえらなくても、マフラーから黒い煙《けむり》が流れてきてるのがわかる。

アマンダもご両親も、あたしがどこに住んでるか知らない。いっしょにあそぶときはいつもアマンダの家。あたしがうそをいってるから。オンマとアパはレストランを経営《けいえい》してて店をはなれられないから、家にはだいたいだれもいないって。アマンダのお父さんのドイルさんは、あたしが方向を教えるのを待ちながらゆっくり運転してる。

「その丘をのぼったところです」あたしは、きちんと手いれされた芝生《しばふ》と花壇《かだん》がならんでる広いとおりを指さす。「あそこです」あたしは、かべがグレイのしっくいで二階だての、角にある家にむかってうなずく。重々しい木のドアが、いり口の照明の下で光ってる。

「よーし、到着《とうちゃく》だ、ヤン」アマンダのお父さんがいって、あたしのにせものの家の前で車をとめる。

「ヤン、きてくれてありがと」アマンダが肩をあたしにぶつけてくる。

「アマンダ、お誕生日おめでとう」あたしはアマンダをきゅっと抱きしめる。タオルやら小物いれやらをかき集めて、アマンダのご両親にお礼をいうために前の座席《ざせき》に身をのりだす。「送っていただいてありがとうございました」

アマンダのお母さんはふりかえって、あたしの手をにぎる。「とんでもないわ、ヤン。パーティにきてくれてうれしかった。おやすみなさい」

「ヤン、月曜日、学校でね」アマンダがいう。

「うん、またね」あたしは返事をして車をおりる。その家の車回しのはしっこに立って、はやく車をだしてくれないかなって思いながら手をふる。だけどアマンダのご両親は窓からこっちをながめてて動かない。車のなかの小さい明かりにてらされて、濃《こ》さのちがうブロンドが光ってる。あたしがなかにはいるのを待ってるんだ。あたしが無事《ぶじ》に帰るのを確認《かくにん》したいんだ。アマンダが手をふる。あたしも手をふって、回れ右をする。深呼吸《しんこきゅう》をして、心の底から、だれも庭にいませんようにって念《ねん》じながら、背の高い木の門とびらのかんぬきをそーっとはずす。足音をしのばせてなかにはいって、門とびらをうしろ手に閉める。ドイルさんの車が走り去る。あたしは、にせものの庭の不《ふ》思議《しぎ》な暗がりのなかで、じっと待つ。あたりがしずまりかえって帰るべき場所に帰れるようになるのを。

丘を下りながらあたしは、丘の上だと空気まで新鮮《しんせん》に感じるのに気づく。いなかかなんかにきたみたい。肥料《ひりょう》のかすかなにおいさえ、清潔《せいけつ》に思える。明るい月明かりが、なにもかも昼間よりもくっきりてらしだしている。芝生はきれいに刈ってあって、整えたばかりのベッドみたいに真っ平らで、不思議な、毒々《どくどく》しいほどの緑色にかがやいている。あたしはひざをついて、冷たい芝の先に指を走らせ、この世のものかどうかたしかめる。ハリーをこの丘の上に埋めてよかった。あたしは深く息をすって、できるだけ長いあいだためておく。

うちの近所には芝生なんかない。あるのはコンクリートとアスファルトだけ。草をみることはめったにないし、あったとしても枯れてる。あたしたちが借りてるアパートのまわりにある十字に交《こう》差《さ》した鉄のさくは、雨風に打たれて、子どもたちがさんざんよりかかった重みがかかって、家主《やぬし》がほっぽらかしだから、まんなかがたわんでる。あたしはオイルのしみがついた道を歩いて、家にむかう。

オンマ。あたしはよびながら、玄関《げんかん》からなかにはいる。ただいま。

オンマがキッチンから顔をだして、にっこりしてたずねる。楽しかった?

うん。

もうすぐ夕ごはんよ。アパも帰ってくるでしょうし。

あたしはうなずいて、部屋にむかう。

アマンダのご両親とおしゃべりしたあとだと、うちの食卓《しょくたく》はしずかすぎて妙な気がする。あたしはごはんを口に運びながら考える。どうしてうちの親はアマンダのところのご両親みたいに気軽《きがる》にしゃべったり冗談《じょうだん》をいったりしないんだろう。どうしてアパは、バーベキューを焼いたり、オンマになにか手つだうことはないかってきいたりしないんだろう? それにどうしてオンマは、アパをからかって、そのあとでふざけただけだってわかるようにほっぺたに軽くキスしたりしないんだろう?

アパがビールを持って、ごくごくのむ。ビールをおいて、オンマのほうをみもしないでいう。明日《あした》、車を使うからな。

オンマはお茶をのむ。だけどヨボ、明日は教会《きょうかい》にいく日ですよ。車は仕事で使うんですか?

アパはいらいらしてため息をつく。一日くらい教会を休んだってかまわないだろう。アパはごはんを口のなかに押しこむ。

あたしはふたりの会話をききながら、うつむいて、せっせと食べてるふりをする。

オンマがおそるおそるいう。仕事で使うわけじゃないなら、わたしたちが教会からもどってくるまで待ってもらえませんか？

アパはまゆをよせて、キムチをおはしでつまむ。口にいれる前に、アパは低い声でいう。神がなにをしてくれるっていうんだ？　おい、ミス教会さん。

オンマは返事《へんじ》をしない。お茶をじっとみつめてる。

アパ。あたしはふと思いだして大声を出す。明日あたし、聖歌隊《せいかたい》の練習があるの。

アパはゆっくりとキムチをかむ。

練習、休めないんだよ。イースターのページェントの準備《じゅんび》をしてるから。

だまって食事をおえろ。アパがいって、またビールをごくごくのむ。

気づいたときにはもう、口からことばがでていた。学校でアマンダといっしょにいるときみたいな気分で、アパに質問をしていた。車、なんに使うの？

オンマが、目のまわりに心配そうなしわをよせる。くちびるをきゅっとすぼめる。首をかすかに横にふって、だめとうったえている。だけどもうおそい。

アパがグラスをにぎる手に力をこめる。目をほそめて、抑揚《よくよう》のない声でしぼりだすようにいう。

おまえは、どうしてが多すぎるんだ。立て。

あたしはゆっくりといすを引いて、テーブルの横に立つ。

こっちにこい。

あたしは、おずおずと少しだけ前にでる。オンマやジュンと目を合わせないようにして。アパの、つま先が黄色いくつ下が目にはいったところでとまる。

おまえってやつは。アパがさけんで、あたしの頭を横からげんこつでなぐる。こんりんざい、おれに質問するな。

痛みが矢のように頭をつきぬけて、あたしは顔《かお》をしかめる。カーペットの角《かど》をみつめながら思う。集中。ここに視線《しせん》を集中させて、意識《いしき》をほかにむけなきゃ。

アパがどなる。おれに説明しろだと！　我《が》ばっかりはりやがって！　あのアメリカ人とばかりつきあってるからだ。もう会っちゃならん。ろくな影響《えいきょう》をうけないからな。

アマンダに会っちゃだめ？　たったひとりの友だちなのに。質問をしてもおこらない、たったひとりの相手。韓国人の正しい娘じゃなくなれる、たったひとりの相手なのに。アマンダに会えないと思うと、あたしは頭にきて、カーペットの角に視線を集中させてるのがむずかしくなる。

おまえはアメリカかぶれしてるんだ。あんな友だち、くだらない。アパがいう。

ちがうよ。あたしはしずかにいいかえす。アマンダはそんなんじゃない。

バチン！

ずきずきするほっぺたにあたってるカーペットが、ひんやりやわらかい。あたしはそれをにぎりしめる。

まだ立ちあがるな。アパがあたしを上からのぞきこんでいう。どうしたらまた韓国人にもどれるかわかるまで、立ちあがるな。

罰

土曜日の朝はやく、声がきこえてきた。コモとティムおじさんの声は、低くて小さい。オンマが高い声でさけんだかと思うと、だれかにしーっていわれてすぐに声を落とす。アパの声だけ、きこえてこない。アパはどこにいるんだろう。あたしはベッドルームのドアに耳をあてる。のぞいてみるほどの勇気《ゆうき》はない。コモが早口のはげしい口調《くちょう》でいうのがきこえる。なんて恥《は》ずかしいことをしてくれたの。

オンマがささやく。アイグ。アイグ、チャン・ネー。ヨボ、どうしてこんなことを？　どうして？

ティムおじさんがいう。だいじょうぶ、だいじょうぶだよ。

ティムおじさんはきっと、オンマの背中《せなか》をぽんぽんたたいてる。おじさんは肩を丸めてるから、そんなに背が高くみえない。

まだ初犯《しょはん》だから。ティムおじさんがいう。心配《しんぱい》いらない。ぼくがいい弁護士《べんごし》をみつけてあげるよ。

最初で最後にしてちょうだい。コモがすかさずいう。声が、遠くまでひびかせないようにしてるせいでかすれてる。まったく、人に迷惑《めいわく》ばかりかけて。

オンマが泣きだす。どうしてこんなことに？　アイグ……。

心をいれかえなきゃだめよ。コモがいう。子どもたちにしめしがつかないじゃないの。飲酒運転《いんしゅうんてん》でつかまるなんて。これじゃ、そこいらへんのちんぴらと変わらないじゃない。

「もういいじゃないか」ティムおじさんがいう。

「わたしだって、ずいぶん助けてるのに」コモがいう。

「まあまあ。少し休ませてやろう」

コモがいう。わたしたちは帰るわね。明日《あした》ね。ビョンホ、またじっくり話しましょう。

アパが返事をしたとしても、きこえなかった。玄関《げんかん》のドアがぱたんと閉まると、オンマとアパのベッドルームにむかう足音がきこえてくる。

オンマがキッチンでガチャガチャやってる音がしたので、あたしはやっと部屋《へや》をでる。廊下《ろうか》から、オンマがいつもの場所、コンロの前に立ってるのがみえる。アパがいるのは、ベッドルームのドアが閉まってるからかろうじてわかる。

朝ごはんを食べてるときオンマは、ジュンとあたしに今日《きょう》はしずかにしてるようにいった。アパのじゃまにならないように公園にでもいって、って。どうして今朝《けさ》はアパがうちにいるのかは説明《せつめい》しない。庭師《にわし》の仕事をいくつかくびになったけど、掃除《そうじ》の仕事もなくなっちゃうのかな。あたしが朝食のお皿をかたづけてるあいだ、オンマは棚《たな》から聖書《せいしょ》をとってきて、あるページを開く。それから、もしものとき用にとっておいたお金を数える。あたしはオンマをみまもるだけで、なにもきかずにいる。オンマがレストランの仕事にでかけたあと、あたしは家じゅうをそっと歩きまわって、だんだん夢のように思えてきたあの早朝の声がほんとうだったという証拠《しょうこ》をさがした。

次の朝アパは、一日ぶりにベッドルームからでてきた。オンマとジュンとあたしは朝ごはんを食べているところで、これから教会にいこうとしてた。アパが韓国《かんこく》の新聞を手にとってソファにすわる。黒い影がアパの上くちびるに落ちる。スウェットスーツはくしゃくしゃ。電話が鳴る。オンマが立ちあがってでる。

コモ、おはよう。オンマがいう。ええ、起きてきたわ。

アパは新聞をおいて、オンマにむかってまゆをよせる。

コモ、うちにくる？

待て。アパがいって、ジュンとあたしをちらっとみる。おれは教会《きょうかい》にいくしたくをしているといえ。

ジュンがあたしの腕《うで》にひじ鉄をくらわせてくる。あたしはごはんから目をはなさないようにしてる。

オンマはしばらくしてからいう。コモ、アパはちょうど教会にいくしたくをしているの。ええ、そのほうがいいと思って。教会にいけば、ためになるでしょうし。

アパはまた新聞を持って読みはじめる。

ええ、帰ったら電話するそうよ。じゃあね。オンマは電話を切るけど、受話器《じゅわき》に手をかけたまま
その場をはなれない。オンマがアパのほうをみる。ヨボ、わたしをうそつきにしないでくださいよ。

アパは新聞から目をはなさない。

あなたのためにうそをつくつもりはありませんからね。コモに電話して、話しますよ。

アパはむっとした声をだして新聞をばさっとおくと、ベッドルームにもどっていく。

オンマの運転で教会にむかう。アパは助手席《じょしゅせき》にすわってる。ひげをそってさっぱりして、白いシャツを着て、一本しか持ってないネクタイをしめてる。韓国からのってきた飛行機《ひこうき》でしめていたネクタイだ。赤いななめのストライプが、床屋《とこや》さんの看板《かんばん》みたいにくっきりしてる。髪《かみ》はぬらしてなでつけてある。ひたいの上のはねている毛もむりやり寝《ね》かせてる。アパはずっと、窓の外をみつめてる。

教会につくと、キム牧師《ぼくし》はほかの家族としゃべってたのに、オンマがアパといっしょにはいってくるのをみて、ぱっと顔をあげた。あわててその家族におじぎをすると、いそいでこっちにやってくる。

アンニョンハセヨ、パクさん。キム牧師はいって、おじぎをしてアパと握手《あくしゅ》する。今日はいらし

ていただいて、たいへんうれしく思います。奥さまには、わたくしどもの教会のなかでもとても大《たい》切《せつ》な信者《しんじゃ》になっていただきました。お子さんたちもとてもいい子です。

アパはうなずくけど、きょろきょろしてる。部屋じゅうを見まわして、人から人へ、家族から家族へ、ぱっぱっと目をうつす。オンマはうつむいたまま、手を組んでる。ジュンはその場でしきりに足ぶみしてる。はやく日曜学校の教室にいきたくてしょうがないらしい。友だちがもう何人か、シン牧師のお説教《せっきょう》がはじまるまでのあいだモノポリーをしてあそんでるはずだからだ。あたしはオンマのとなりに立って、手を組んで、話がおわるのを待つ。

キム牧師がこっちをむく。ジュンの肩をぽんとたたいていう。おやおや、ジュン、また大きくなったみたいですね。もうわたしとたいして変わらないじゃありませんか。

ジュンは両手をポケットにつっこむ。オンマにつつかれて、やっと答える。はい。

キム牧師はにっこりして、まるであたしをステージにあげるような身ぶりをする。そしてオンマとアパにいう。ヨンジュはずいぶん大人っぽくなりましたね。ますます、おしとやかな若い女性らしくなって。

若い女性らしくなったなんていわれて、あたしはくつのなかでつま先をぎゅっとちぢめる。肩を少し前に丸めて、若い女性らしくなんかなってないようにみせる。

アパはそのあいだずっと、つったってるだけ。背中をこわばらせて、上くちびるにはもう汗が光ってる。

キム牧師はさらにつづけようとする。奥さまはずっと……。

アパが、キム牧師のほめことばがおわらないうちに口をはさむ。おほめにあずかり、光栄《こうえい》です。

アパはとうとつにいって、オンマを連れていすのほうにむかう。キム牧師は、あっけにとられた顔《かお》でその場に立ちすくんでる。

ジュンはあっという間に日曜学校の教室にかけていく。あたしはゆっくりとあとを追いながら、最後にもういちどだけちらっとオンマとアパをふりかえる。ふたりはいちばんうしろの列にならんですわってる。オンマがうしろにすわるのは、はじめて教会にきた日以来だ。いつもはいちばん前にすわってる。アパのひたいの上の毛が、とうとうはねてきた。アパはなんとかなでつけようとしてる。オンマはこっそり指をつばでぬらして、アパの髪の毛をさわって寝かせようとしてる。なんとかおさまる。少なくとも今のところは。

礼拝《れいはい》がおわって、オンマがドーナツとコーヒーの準備《じゅんび》を手つだってるあいだ、アパはみんなからはなれて集会室のすみっこに立ってたばこをすっていた。だれかが近づいてきそうになると、そそくさとまたべつのすみっこに移動《いどう》して、くしゃくしゃになった式順《しきじゅん》の紙をしんけんに読んでるふりをする。

家に帰る車のなかで、オンマはキム牧師から熱心に聖歌隊《せいかたい》にさそわれてるって話をした。ソプラノが足りないからって。それからアパに、お説教はどうだったかたずねる。アパはだまってる。オンマは、ハンドルをにぎりしめる手にどんどん力をこめる。指の関節《かんせつ》がますますくっきりうきでてくる。ジュンは窓の外をながめてるし、あたしも自分の側の窓の外をながめてる。そのあとは家に着くまでずっと、みんなだまりこくってた。

アパは家にはいるなりネクタイをぐいっとはずして、ベッドルームにむかった。オンマがアパのうしろ姿によびかける。ヨボ、忘《わす》れずにコモに電話してくださいね。

アパはベッドルームのドアをうしろ手にばたんと閉める。

オンマはため息をついてソファにすわって、ぼんやりした顔で、シート部分にかけてある黄色いラグのすみっこをたくしこんでる。ハイヒールをぬいで、足首をさすりながら、窓から外をながめる。

ヨンジュ、ジュンホ、なにか食べるものを勝手《かって》にさがしてちょうだい。くたくたで料理する気になれないわ。

ジュンとあたしは、棚からお菓子をさがす。

アパがジーンズと古いボタンダウンのシャツに着がえて、ベッドルームからでてくる。そして玄関にむかう。

ヨボ、待って。オンマが立ちあがる。どこへいくの？　運転しちゃいけないことになってるのに。

かまわん。今日はもうじゅうぶん罰《ばつ》をうけた。アパはふりかえりもせずにいう。

ヨボ、お願《ねが》い。つかまっちゃうわ。オンマは必死《ひっし》でたのみながら、アパの腕に手をのばす。いつもどってくるの？　弁護士さんから電話があったらどうするの？

アパはオンマの手をふりはらってでていく。そのまま三日もどってこなかった。オンマは一睡《いっすい》もしないで、心配《しんぱい》のあまり目のまわりにくまをつくって、待っていた。

娘

体育館《たいいくかん》の観覧席《かんらんせき》は、父母でいっぱいだ。お父さんたちのなかにはスーツを着てネクタイをしめてる人もいる。仕事場《しごとば》から直接きたからだ。ほかのお父さんたちは、濃《こ》い色のズボンをはいて、襟《えり》のついた半袖《はんそで》のシャツを着てる。胸《むね》ポケットに、小さいワニとかトラとか、馬にのってる男の人とかの刺繍《ししゅう》がしてあるやつだ。お母さんたちはたいていワンピース姿で、顔《かお》がお化粧《けしょう》でてかてかしてる。

体育館に父母がいっぱいいるなんてへんな気分。いつもなら、生徒たちがグレイと紫の体操着《たいそうぎ》を着て走りまわってるのに。だけど、授賞式《じゅしょうしき》は広い場所じゃなきゃできない。それでも、優秀《ゆうしゅう》な成績《せいせき》をとった生徒の親が全員きて、ちょうどいっぱいだ。普通《ふつう》の成績の生徒にも賞をあげたら、体育館じゃはいりきらない。ぜんぶの親をいれるには、サッカー場をまるまるひとつ使わなきゃいけない。そうしたら父母たちも、こんないい服を着てこられないはず。

あたしが着てる水色のワンピースは、肩《かた》と背中《せなか》のところがきつくなってる。だけど丈《たけ》は足りてるから、そんなに小さそうにはみえない。オンマが数か月前にすそをだしてくれた。うんと近づいてみなきゃ、前にすそだったラインの色があせてるのもわからない。

あたしはアマンダとアマンダのご両親とならんですわってる。アパにはもうアマンダとはつきあうなっていわれたけどわかりっこないし、オンマは学校で会うぶんにはいいっていってる。アマンダのご両親のドイル夫妻が、どうして最近あそびにこないのかきいてきた。あたしはぎこちなくほほえんで、アマンダにしたのと同じいいわけをする。「宿題がたくさんあるんです」アマンダは目玉をぐるんとまわして、ヨンジュは勉強しすぎよってもんくをいう。校長先生が壇《だん》の上にあがって授賞式をはじめるころには、あたしは自分のうそのせいで顔がまっかになってた。

アマンダは英語の優秀賞をもらう。名前がよばれると、アマンダは表彰状《ひょうしょうじょう》をもらうために立ちあがる。お父さんがすかさず前にまわりこんで、まるでアマンダがファッションモデルになったみたいに写真をとる。フラッシュをたかれて、アマンダはびくっとして立ちどまる。お父さんにむかって、あっちにいってという動作《どうさ》をすると、みていた人はみんな、アマンダの気持ちがわかるとでもいうふうにくすくす笑う。アマンダは校長先生と握手《あくしゅ》すると、英語のコナー先生から抱きしめられて表彰状をもらう。それから、いそいでもどってくる。お母さんがさかんに拍手する。体育館じゅうがしずかになっても、まだお母さんの拍手の音がひびきわたってる。

科目ごとの表彰がおわって、GPAの表彰にうつる。各学年でいちばん高い平均点《へいきん》をとった人がひとり、表彰される。

「九年生のGPAは、ユンパクです」

さいしょあたしは、自分がよばれたのがわからなかった。なんだか名前がちがうふうにきこえたから。だけどアマンダにつつかれて、あたしは立ちあがる。アマンダとドイル夫妻がぱちぱち拍手をするなか、あたしは前に歩いていって、校長先生と握手をする。校長先生が表彰状をくれる。一瞬《いっしゅん》、金色にかがやくスタンプが反射して、あたしはくらっとする。

表彰式がおわると、ドイル夫妻はあたしを家まで送ってくれるといった。あたしはうろたえて、思わずほんとうのことをいってしまう。「だいじょうぶです。バスにのりますから」

アマンダのお母さんが顔をしかめる。「ヤン、そんなことしてあぶなくないと思っているの？　くるときもバスにのったの？　まさかご両親だって……」

「あの、じゃあ……」あたしはあわてて口をはさむ。「図書館《としょかん》までのせていってもらえますか？　歴史《れきし》の期末《きまつ》試験《しけん》の調べ物をもう少ししたいんです」

アマンダが片方のまゆをあげる。もうあたしがほとんどやりおえてるのを知ってるからだ。

「ヤン、もうおそいじゃない。本気でいまから図書館にいくつもり？　家まで送っていってあげるのに」お母さんがいう。

「今日は閉館《へいかん》時間がおそいんです。だから、調べ物をおえちゃいたくて」

「リンダ、いいじゃないか」お父さんがいう。「ヤンだって、考えた上でのことだよ。この表彰状をみればわかるだろう。これをもらうには、鼻をほじくってばかりいちゃだめなんだよ」

「パパったら、もう！」アマンダがおこる。そしてあたしの腕《うで》をつかんで、体育館の出入り口まで引っぱっていく。

図書館にむかう車のなかで、アマンダのお父さんはラジオから流れてくる歌にあわせてうたいはじめる。アマンダが、友だちがいるのに恥《は》ずかしいったらないってもんくをいう。お父さんはバックミラーのなかであたしと目を合わせて、ウィンクをする。あたしはにっこりする。アマンダが、うちの親ってほんとにバカっていってるのは知ってるけど。アマンダはいつも、恥ずかしくてどこにもつれてけない、っていってる。

図書館まであと数ブロックというとき、車の流れがとまった。少し先で、パトカーが二台、青と赤の光で夜の闇《やみ》をてらしてる。アマンダのお母さんが、なにがあったのかみようとして身をのりだす。「どうしたのかしら？」心配《しんぱい》そうだ。車の列はじりじりすすんでいく。

パトカーの近くまでくると、アマンダのお父さんが、なにがあったのかわかったというふうにうんうんうなずいた。そしてこっちをふりかえって説明する。「飲酒《いんしゅ》テストをしているだけだ」

「酔《よ》っぱらい運転のとりしまりってこと？」アマンダがたずねる。

ドイルさんはうなずいて、また前をむく。

あたしはもしかしたらと思って、胸のあたりがきゅっとしめつけられる。ドイルさんがお酒をのんでないのはわかってたけど。アパのことを思いだしちゃったからだ。アパが逮捕《たいほ》されたことを。

そんなはずはないのはわかってるけど、もしかしたらおまわりさんにあたしだってわかるんじゃないかって心配になってきた。この前逮捕した男の娘だって。それくらいならまだましだけど、もしアパがまた捕《つか》まってたら？

おまわりさんが、車のなかを懐中電灯《かいちゅうでんとう》でてらす。あたしはまぶしくてとっさに目をほそめる。

「おまわりさん、こんばんは」ドイルさんがいう。

「どうも。今夜はどこにいってらしたんですか？」

ドイルさんは親指をうしろの座席《ざせき》にむかって突きだす。「ワグナー・ハイスクールでもっとも頭のいい生徒をふたり、おくっているところです」

おまわりさんは、あたしたちのほうをのぞきこむ。「そうですか」おまわりさんはそういって、にっこりする。

ドイルさんはアマンダの表彰状をひらひらさせて自慢《じまん》する。「わたしの娘は、英語で賞をもらったんです。そしてこちらのお友だちは、九年生でGPAが最高だったんですよ」

「そりゃ、すごい。がんばりましたね」おまわりさんはいう。懐中電灯を前にむかってふって、早口でいう。「気をつけてお帰りください。あちらこちらで学期末《がっきまつ》や卒業《そつぎょう》のパーティをやってますからね」

「わかりました」ドイルさんはいって、車をだす。

車が角《かど》を曲がってやっと、あたしはほっとひと息《いき》つく。なんてことなかった。ドイルさんなんか、おまわりさんを笑わせたくらい。うちの近所では、おまわりさんはまず車からおりてこない。おりてくるのは、だれかを逮捕するときか、質問ぜめにあわせるときだけ。だいたいいつも、とおりをゆっくりと巡回《じゅんかい》しながら、疑い深い目つきをじっと外にむけてる。あの人たちがほんとに他人の心配をするなんて、思ってもみなかった。

図書館が閉まると、あたしは家に歩いてもどって、夜中《よなか》まで起きていた。表彰状をみせたくて、オンマが帰ってくるのを待ってた。オンマは表彰状を両手で持って、ゴールドメダルのスタンプに光があたるようにして、あっちこっちにかたむける。

学年でいちばん？　オンマはたずねながら、親指を立てる。

いちばんだよ、オンマ。あたしはいって、人さし指を立てる。

オンマはまた表彰状をまじまじとみつめる。これ。そういって指さす。あなたの名前が書いてあるのね。

うん。

ヨンジュ、すごい、うれしいわ。オンマはあたしの手をとって、ぎゅっとにぎりしめる。ね、教えて。表彰式はどんなだったの。拍手はすごかった？

あたしはうなずく。

アマンダとご両親は、あなたが前にでたとき立ちあがった？

あたしは眉間《みけん》にしわをよせて、思いだそうとする。そしてまたうなずく。

まあ、すごいわ。オンマはにっこりする。あなたを表彰するためのとくべつな式だったのね。

ちがうよ、オンマ。あたしはあわてて訂正する。表彰された人、たくさんいるんだから。アマンダも英語で賞をもらったんだよ。

そう、それはよかったわね。だけど、学年でいちばんってわけじゃないでしょう。英語だけじゃ一科目じゃないの。

うん。だけど、ちゃんとした賞には変わりないよ。

ほかになにをしたのか話して。スピーチをしなきゃいけなかったの？

ううん。

お辞儀《じぎ》はした？

ううん、オンマ。そんなんじゃないんだってば。校長先生と握手しただけ。

すごいわ。校長先生はえらい人だもの。贈《おく》り物《もの》をおくっておいたほうがいいかしら？

オンマ、やめて。あたしはまたあわてていう。

ヨンジュ。オンマはあたしの目をじっとのぞきこむ。あなたの大切《たいせつ》な日だったのに、いけなくてごめんね。オンマは首を横にふりながら悲しそうにいう。たくさんの人があなたのお祝いをしてくれたのに、実の親が一晩も仕事を休めなかったなんて。ああ、ヨンジュ、なんてひどい親かしら。アパもきっと、すごくよろこんでくれるはずよ。

あたしは、さっきのことを思いだしてうなだれる。おまわりさんにアパの娘だってわかったらどうしようとか、アパが捕まるところにいあわせちゃうかもしれないとか、心配してたことを。あたしはオンマにいう。アパが帰ってくるまで起きて待ってようか？

オンマは時計をみて顔をしかめると、首を横にふる。アパが気づく場所においておきましょう。オンマはあたしの表彰状をコーヒーテーブルのまんなかにおく。韓国《かんこく》の新聞のとなりだ。表彰状はひと晩じゅう、そのままになっていた。次の朝オンマは、アパはきっとすごくつかれてて、ダウンタウンで車をとめたまま眠っちゃったんだろうっていいわけした。どっちにしても、朝早くからダウンタウンで芝生《しばふ》の手いれの仕事があるからって。

アパはやっと帰ってくると、コーヒーテーブルじゅうに新聞を広げた。ちらかった新聞の下に、表彰状は、どうでもいい郵便物《ゆうびんぶつ》みたいにほったらかしにされている。あたしは新聞をどかして、表彰状を手にとる。ドイルさん、おまわりさんに自慢《じまん》してたっけ。アマンダとあたしはワグナー・ハイスクールでいちばん頭のいい生徒だって。そのことばが頭のなかに鳴りひびく。あたしもドイルさんのとこの娘だったら……あたしはそう思って、表彰状の角をつぶす。こんなの、ただの紙切れだ。

あたしはそこに書かれた自分の名前をみつめて、表彰状をくしゃくしゃに丸めようとする。そのとき、小さな黒いしみが目にはいった。とっさにあたしはそのにおいをかぐ。アンモニアと漂白剤《ひょうはくざい》のにおい。海のように深くて大きい痛みで、あたしの心はおぼれそうになる。

可能性

日曜日の朝あたしが部屋《へや》からでると、オンマはもうキッチンにいて、こちらに背中《せなか》をむけて、流し台をそうじしてた。「オンマ」あたしは廊下《ろうか》から声をかける。用があったわけじゃなくて、起きたよって知らせたくて。

だけど今日は、いつもとちがう。いつもなら、おはよう、よく眠れたっていうのに、オンマは背中をこわばらせて、つかんでいた茶色い紙袋《かみぶくろ》にあわててなにかをいれた。こっちに顔《かお》をむけもしないで、肩《かた》ごしにいう。いそいでシャワーをあびなさい。教会《きょうかい》におくれちゃうわよ。

あたしはリビングにいって考える。おくれるってどうして？　まだ朝の七時なのに。礼拝《れいはい》がはじまるまで、あと二時間もある。ソファにすわってテレビをつけようとしたとき、おかしなにおいがするのに気づいた。タバコのにおいで空気がよどんでるし、きのうの晩ごはんのガーリックと魚のにおいがまだ残ってるけど、それだけじゃない。ガソリンスタンドのトイレで使ってる芳香剤《ほうこうざい》みたいなにおい。「カントリー・フラワー」とか、「ティー・ローズ」とかいう名前がついてるやつ。あたしはおかしなにおいをかぎながら、部屋をみわたす。とくに変わったところはない。

もういちど、ふんふんにおいをかぎながら思う。オンマが早起きしてそうじしたのかな。それなら、よくあることだ。だけどこのにおいは、コメットやウインデックスとはちがう。

ヨンジュ。オンマがキッチンから声をかける。シャワーをあびなさいっていったでしょう。早くなさい。

オンマ。あたしは、においのことをたずねたくていう。

ヨンジュ、早く。どうしては、ききたくないわ。オンマはきっぱりという。ぐずぐずしないの。

シャワーをあびると、あたしはジュンの部屋をノックする。返事《へんじ》はない。あたしはかまわずはいっていく。ジュンはだいたい、だれかにベッドから引きずりだされるまで部屋からでてこない。

「うるさいなあ」ジュンが枕の下から不満《ふまん》そうな声をだす。

「ジュン」あたしはささやく。「なんかへんなのよ」

「へぇー、よかったね」

「ジュンってば！」あたしはジュンの肩をゆすって、枕をもぎとろうとする。

「やめろよ、オンニ」ジュンはもんくをいって、枕をとられまいとする。

あたしは力まかせにぐいっと引っぱって、枕をうばう。ジュンが起きあがる。「オンニ、なんなんだよ？」

「なんかへんなのよ」あたしはまたいう。

「なんだっていうんだよ」ジュンはあたしの手からまくらをもぎとって、また横になる。片腕《かたうで》を頭の下にいれて。

「なんなのか、わかんないの。ただ、リビングにおかしなにおいがするってだけなんだけど」

ジュンは目玉をぐるんとまわす。だけど、鼻の穴《あな》を広げてそのままふくらませてるようすからすると、アパからお説教《せっきょう》されて頭を数発なぐられたりお腹《なか》をけられたりしたときといっしょだから、話をきいてはいるらしい。

「それがどうしたんだよ」ジュンはいって、寝がえりをうつ。「自分がくさいんじゃねえの」

「ジュン、ふざけてるんじゃないんだってば。においがぜったいにおかしいの」

「ふーん、で、どういうにおい？」

あたしは思いだそうとする。空気にただよっていたのはなんなのか。ジュンの部屋をみまわして、においを説明《せつめい》するのに役に立ちそうなものをさがす。そして、ほっぺたの内側をかむ。「わかんない」

「やれやれ。かぎすぎて麻痺《まひ》しちゃった？」

「それだけじゃないのよ」あたしはゆずらなかった。ジュンにはいわなかったけど、においのせいで、首のうしろがぴーんとはっているような気がする。

「ほっとけよ、オンニ。きっとオンマがそうじでもしたんだろ。よく朝にしてるじゃん」

「そうかな?」ふいに、両手が冷たくなってこわばってくる。自分の体温であたためようと、もも の下に両手をさしこんですわる。

ジュンがわざといびきをかいて、寝たふりをする。あたしはジュンの頭の下から枕をむりやり引きぬく。「オンマが教会にいくしたくをしなさいって」

ジュンが不満そうにうなる。

あたしがジュンの部屋からでていくと、オンマはもうキッチンにはいなかった。あたしはまたリビングを歩きまわって、ふんふんにおいをかぎながら考える。なんだろう、このおかしなにおいは。この家のにおいじゃない。キッチンにいって、朝ごはんはなにかなとスープなべのふたをあけてみる。空っぽ。ふたをもどして、流し台によりかかる。朝ごはんなし? オンマが朝ごはんのしたくをしなかったことなんか、いままでなかった。口のなかにつばがわいてくる。お腹がすいたからじゃなくて、心配だといつもなるあの感じ。胃のなかのものをぜんぶ吐きたくなるときの。さっきオンマが持っていた茶色い紙袋はどこにあるんだろう。黄色いプラスチックのごみ箱をあけてみる。空っぽ。あたしはキッチンをいったりきたりする。あのにおいがなんなのか、つきとめなきゃ。

外にでると、ステーションワゴンがいつもとめてある場所から消えていた。今日はソングさんの家まで歩いてかなきゃいけない。教会で知り合ったアジュンマで、うちから二、三キロ先に住んでいる。そのソングさんに車にのせてもらうことになる。オンマはぜったいに、教会にいくとちゅうで拾《ひろ》ってもらおうとはしない。うちはとおり道なのに。ソングさんにこれ以上迷惑《めいわく》をかけるわけにはいかないと思ってる。もうじゅうぶんかけてるからって。

家の横に、大家《おおや》さんがごみバケツをふたつ、おいてある。うち用の黒いのと、自分用の茶色いのだ。だからあたしたちはごみをいっしょくたにできないし、割りあてられた以上のスペースを使ったりはしない。黒いごみバケツのふたを持ちあげてみると、オンマが口のところを固く結んだ白いビニール袋があった。結び目をほどこうかと思った瞬間《しゅんかん》、あたしはとっさにふたをもどしてその場をはなれたくなった。二、三歩いって立ちどまり、回れ右をして地面をける。土ぼこりが舞《ま》って、じゃりがとぶ。

あたしは、ごみを注意深《ちゅうい》く調べる。古いシリアルの箱を使って、どろどろしたものを押しわける。ふた袋目に、あった。さびついた古い、カントリー・フレッシュ・ライゾールの缶。しゃがみこんで、その缶をじっとみる。どうしてオンマはこんなものをまいたんだろう？　これでへんなにおいの原因はわかった。じゃ、茶色い紙袋は？　あたしは白いビニール袋をどかす。ごみバケツの底に、茶色い紙袋がはいってる。こうしてみつけてみると、なかをみたいのかどうか、自分の気持ちに自信が持てない。あたしは腰《こし》に手をあてて立ちすくんで、ごみバケツのなかをみおろしていた。なかに手をいれて袋をだそうかどうしようか悩《なや》みながら。

「オンニ」

ジュンの声がして、あたしはぎくっとして飛びあがる。

「なにしてるんだよ？」

「ジュン」あたしはむっとしていう。まだ心臓《しんぞう》がどきどきしてるのがわかる。「もう、なんなのよ」

ジュンは身をのりだして、ごみバケツのなかをのぞきこむ。

「やめなさいよ。ただのごみ」

「そう？」ジュンは肩をすくめて、手をのばして茶色い紙袋をつまみあげる。なかをのぞいて、「ジム・ビーム」って書いてある白いラベルのついた空びんと、赤と青のバドワイザーの缶をとりだす。そしてそれを地面におく。袋のなかに手をいれては、次々とバドワイザーの缶をとりだす。あっという間に、缶が十本、ジム・ビームのびんが一本、へいにならぶ。

「さがしてたのって、これ？」ジュンはずらっとならんだ缶をみつめながらたずねる。

「ううん。あたしは、においの元をさがしてただけよ」

「このにおいがわかんなかったわけ？」ジュンはいって、バドワイザーの缶を一本、ふみつける。

「ジュン、やめて」

ジュンはまた一本、ふみつける。

「においの元はこれじゃないもの」

「へーえ。ま、どんなにおいがしたかなんて、どうだっていいよ。どうせまた、くだらないことじゃん」ジュンは缶を思いっきりける。缶はへいにあたってはねかえり、ジュンのうしろがわに落ちる。ジュンはそこまでいって、足で缶をふみつける。ひたいから汗がながれる。でもジュンは気にもとめずに、ぺったんこになった缶をごみバケツのほうにける。あたしは家のなかにかけもどる。

オンマ。あたしはよびながら、ベッドルームのドアをいそいでノックしてなかにはいる。オンマがベッドにすわってる。体を丸めて、両手で頭をかかえて。

息がとまりそうになった。影だと思いたかった。それとも、目のさっかくだと思いたかった。暗くてさびしい道を歩いていて、人がうずくまってるんじゃないかとどきっとするけど近づいてみたらただのごみバケツだったときみたいに。だけど、そうじゃない。胃のむかむかが胸《むね》全体に広がって、これは現実《げんじつ》だってさけんでる。濃《こ》い青と紫のあざが、肌をあらわにしたオンマの背中と肩をおおっている。オンマはあわててセーターを着ようとしたけど、急に動いたせいでうめき声をあげる。

ヨンジュ、なんの用？　オンマがぴしゃりという。

答えようとして口をあけるけど、ことばがでてこない。あたしは床《ゆか》にぺたんとすわって泣きだす。

オンマは動かない。両手で自分の体をだきしめて、あたしが泣きやむのを待っている。

ヨンジュ、教会にいくしたくをなさい。オンマがやっと口を開く。さあ、早く。

大家さんの足音が、天井《てんじょう》からひびいてくる。ベッドの上をハエがぶんぶん飛んで、体を何度も窓に打ちつけてる。大家さんが何重にもペンキをぬりなおしてるから、かたまってあかなくなってる窓。

あたしはシャツのすそをいじくりながら、質問《しつもん》をする勇気《ゆうき》をふりしぼろうとする。シャツのそでで涙《なみだ》をふくけど、まだ立てない。オンマは立ちあがって、ドレッサーのほうにいって、上についてる小さい鏡をのぞく。まるでお化粧のしあげをするみたいに、口紅《くちべに》を手にとる。

なんでアパはこんなことするの？　あたしはやっとのことでつぶやいて、オンマをみつめて答えを待つ。

オンマは鏡をのぞきこむ。口紅をぎゅっとにぎりしめたまま。ヨンジュ、早くなさい。

だけどあたしも、今度ばかりはゆずらない。知らんぷりはできない。オンマの背中にくっきりついてるあざが、焼《や》き印《いん》みたいに大きいのもあるあざが、あたしのまぶたの内側に焼きついている。まばたきするたび、その光景《こうけい》がずっしりとまぶたにのしかかる。

なんでアパはこんなことするの？　あたしはまた、大きい声でいう。

オンマはドレッサーによりかかって、口紅をおく。そしてそっという。あなたは、アパのことがぜんぶわかってるわけじゃないのよ。

あたしはその先を待つ。

アパは、とても誇《ほこ》り高い人なの。

だから、あたしたちをぶつってわけ。あたしは顔をそむける。

ヨンジュ、あなたはまだ若いからわからないのよ。オンマは体の奥深くにたまった痛みで、深いため息《いき》をつく。出会ったばかりのころ、アパは今とはまったくちがってたわ。まだハルモニが死んだことから立ち直れないのよ。

そんなの、いいわけにならないよ。

オンマは答えない。ドレッサーのほこりを指先でぬぐって、鏡の角度を変える。ごちゃごちゃにおいてある化粧品《けしょうひん》を整理しながら、オンマはいう。ヨンジュ、あなたはわたしみたいな人生を歩く必要はないのよ。勉強して強くなりなさい。アメリカでは、女性にもいろんな可能性《かのうせい》があるのだから。

あたしは立ちあがる。まっすぐにオンマをみつめていう。オンマにだって可能性があるんだよ。オンマはあたしと目を合わせない。鏡をのぞきこんで、いそいで口紅をつける。髪《かみ》を結ぼうとして腕をあげたとき、小さいうめき声がもれる。アイグ。そして、たばねようとした髪から手をはなす。あたしは近づいてって、オンマの手からゴムをとって、むすんであげる。

オンマがふりかえる。背の高さが同じくらいになってる。オンマはあたしの顔と髪に、さっと視《し》線《せん》を走らせる。大きくなったわね。オンマはふるえる声でいう。わたしがみてないうちに、大きくなっちゃったのね。

つぎあて

中学校の教務《きょうむ》の人から電話がきた。今週で二度目。「ジュン・パクさんは今日もまた学校にきていません。今学期《こんがっき》はもう、欠席《けっせき》または遅刻《ちこく》が十六回ですよ。これ以上こんな状態《じょうたい》がつづいたら、落第《らくだい》ですね」

「はい、わかっています」あたしは電話口でつぶやく。

だけど、ほんとうはわかってない。ジュンがどこへいってるのかも、なにをしてるのかも知らない。十時近くまで帰ってこない日もある。あと数時間でオンマが帰ってきてばれてしまうぎりぎりまで。ジュンはだんだんアパに似てくる。家によりつくのは、寝《ね》たいときと食べたいときだけ。あたしはジュンのいない部屋《へや》のドアをあける。ジュンの赤いにせものミンクの毛布《もうふ》が、ベッドの足元のあたりにくしゃくしゃになってる。枕は下に落ちてる。ジュンの好きなマンガのヒーロー、Xメンのスケッチが、かべにずらっとはってある。くしゃくしゃに丸めた紙が床《ゆか》にちらばってる。ジュンは絵が大の得意だ。どんどんうまくなってくる。家にいるときはいつも絵をかいてるから。何時間も、閉めきったドアのむこうでかきつづけ、おなかがすいたときだけ部屋からでてくる。

ジュンが七歳のときに学校でとった写真が机の上にかざってある。どういうわけか、この年はオンマにお金のよゆうがあって、この小さい個人写真を買ってくれた。いつもの年は、無料のクラスの集合写真をもらってくるだけなのに。ジュンの前歯はほとんどぜんぶ虫歯になってる。なのに、まるで金でできてるみたいに歯をカメラにむかってむきだしにしてる。横の髪《かみ》がつんつんはねて、悪魔《あくま》の角《つの》みたいだ。

ジュンの髪はいまはもうはねてない。そのほうが強そうにみえるからと黒ばかり着て、スキンヘッドにしたからだ。あたしはもういちど部屋をみわたして、ドアを閉める。

ソファで待ってると、晩ごはんの時間をすぎたころにジュンが帰ってきた。だるそうにリビングにはいってくる。足をひきずりながら、頭を前につきだして体を丸める最近の歩き方で。まるでコンドルみたい。ジュンはあたしの姿をみつけると、ぱっと自分の部屋にいこうとした。あたしは声をかける。「ジュン、ちょっときて」

「なんだよ、オンニ？」ジュンはふりかえりもせずにいう。

「また学校から電話があったよ」

ジュンはコンドルの横顔をこちらにむける。「オンマにいうつもり？」

「ねえジュン、今日はどこにいたの？　今週で電話があったの二度目だよ。学校にいかなきゃいけないことくらい、わかるでしょう？」

「オンニ、説教《せっきょう》はいらないよ」ジュンはおもしろくなさそうにいう。「そんなもん、ききたくない」

「ふーん、あたしからお説教されるのと、アパにされるのと、どっちがいい？」

ジュンがぱっとこっちをむく。信じられないという表情《ひょうじょう》で。「アパにいうつもり？」

「いいたくはないけど」あたしはいいながら、ソファにかけてある黄色いラグのほつれた糸をいじくる。

「じゃ、いうなよ。だいたい、帰ってきやしないじゃん」ジュンはまたむこうをむいて、自分の部屋にむかう。ドアをうしろ手に閉めて。

あたしは、いけないと思いつつ、ほつれた糸を引っぱる。あっという間に十セント硬貨《こうか》くらいの小さい穴があく。あーあ。どっちにしても、そろそろあたらしいラグを買わなきゃいけないし。

ジュンの部屋のドアの下から、うっすらと光がもれている。あたしはドアをノックする。いつものように、返事《へんじ》はない。あたしはかまわずドアをあける。ジュンは机におおいかぶさるようにすわっている。デスクランプの明かりがあたって、ジュンの黒い針のような毛がよけいまばらにみえる。冬の森みたい。あたしはドアのところでしばらくジュンのようすをながめてから、机に近づいていく。

ジュンはゆっくりと、鉛筆でかいたばかりの下絵《したえ》を先のとがった黒のフェルトペンでなぞってる。

Xメンのひとり、ウルバリンの脚《あし》の筋肉《きんにく》の細かい部分をかきおえると、ようやく顔をあげる。「オンニ、今度はなんだよ？」

近くでみると、ジュンの目は血走ってて、まぶたが重たそうにたれさがってる。あたしは、手をのばしてジュンの目にさわってたしかめたい気持ちを必死《ひっし》でおさえる。これがほんとうにジュンの目？ どこかの、道ばたで寝ころがってるホームレスのおじいちゃんの目じゃなくて？ あたしはジュンと目が合わないように絵をじっとみつめながらたずねる。「ジュン、学校をさぼってるときはどこにいってるの？」

ジュンは次の部分をかきはじめる。「友だちとぶらぶらしてるんだよ」ジュンは、指先がぶれないようにがんばりながら、ぼそっという。

「で、なにしてるの？」

「なんだと思ってるんだよ？ うだうだしてるだけだよ」

「一日じゅう？」

「なんなんだよ、オンニ」ジュンは絵から視線《しせん》をあげていう。「質問《しつもん》ばっかして、どういうつもりだよ？ そんなに興味《きょうみ》があんなら、学校さぼって、自分でたしかめてみればいいじゃん」

「ジュン、オンマとアパが、しっかり勉強していい成績《せいせき》をとるのを期待《きたい》してるのはわかってるでしょう？ 通知表《つうちひょう》がきたらどうするつもり？」

ジュンの手がぴくっと動いて、ペン先が下絵の線からはずれる。「ちくしょう、アンニー！　どうしてくれるんだよ」ジュンは線をかきなおす。黒い線をその部分だけ太くする。

「ジュン、きいてるの？」

「なんなんだよ？　ったくよう！」ジュンはペンを机に投げつけて、いすを回転させてあたしとむきあう。

「それなりの成績をとるつもりなら、授業《じゅぎょう》をさぼってばかりいちゃだめでしょ」

「へーえ、いい成績なんかとりたくなかったら？　オンニみたいになりたくないって思ってたら？」

「あたしみたいになれなんていってないよ。あたしはただ、学校にいかなきゃなにも学べないっていってるの」

ジュンはバカにしてふんっというと、またペンを手にとる。「ほんものの人生の教訓《きょうくん》を学んでるつもりだけどね」

「友だちとぶらぶらしてばかりじゃ、なにかを学ぶなんてむりに決まってる」

「おれたちがなにしてるかなんて、知らねえじゃん。オンニ、知ったような口きかないでくれよ。なんにもわかってねえんだからさ」

「ふーん、あといちどでも学校をさぼったらオンマとアパに話すってことならわかってるけど」

ジュンのペンを持つ手が、はたととまる。ジュンはいすにすわったままゆっくりふりかえって、まゆをよせる。引きつったくちびるからうなり声がもれる。「このくそババア」

「そんな乱暴な口きくことないでしょ」あたしは片手を腰にあてる。

「でてけよ。大好きなお勉強でもしてりゃいいだろ。オンニは、おれが学校で友だちをつくってるのが気にいらねえんじゃん。自分は友だちいるのかよ？　昼めしはだれと食ってるんだよ？　図書館《としょかん》の本とでもいっしょに食ってんの？」

あたしはあとずさりして部屋からでていこうとする。ジュンが立ちあがる。「オンニは自分に友だちがいねえから、おれも同じようにさせたいんだよ。だけど、おれはオンニとはちがう。少なくとも友だちがいるし、このくだらねえぼろアパートにいるとき以外は楽しくやってるんだよ」

ジュンのけんまくに気おされて、あたしはドアのところまであとずさりして、部屋をでようとした。だけど、でられない。ドアノブを背中《せなか》のくぼみに押しあてたまま、ジュンがまた絵をかきだすのをながめている。肩《かた》にすごく力がはいって、首がめりこんでる。虫歯だらけの小さい男の子の写真が頭の上にかかってる。あたしは写真をみつめて、それからジュンのがっちりした背中をみる。ジュンは歳のわりには背が高い。家族ではいちばん大きい。アパとオンマが、いつかそうなるって予想してたとおり。アパの自慢《じまん》の息子《むすこ》になるはずだった。どうしてこうなっちゃったの？　どうしてジュンの目は、おじいさんみたいになっちゃったの？

「オンニ、ほっといてくれよ」ジュンがぼそっという。

「お願《ねが》い、ジュン。明日《あした》は学校にいって」あたしはそっという。

「考えとくよ」

あたしはまだいい足りなかった。学校にいかなきゃたいへんなことになるわよっていおうとしただけど、最後の最後に気が変わって、だまってジュンの部屋をでた。夢中《むちゅう》になって絵をかいてるジュンをおいて。

リビングにいって、ラグの糸をほぐしてあけた小さい穴をさわってみる。あたらしいラグなんか、買えるわけがない。古いソファを少しはましにみせてくれる、新品のきれいなラグなんか。あたしたちがこの家にきたときからずっと、このぼろ布だ。あたしはオンマの裁縫箱《さいほうばこ》をだしてきて、できるだけきれいにつぎをあてた。

アマンダがお母さんと、うちからいちばん近い図書館《としょかん》まで車でおくってくれた。土曜日、アマンダの家で期末試験《きまつしけん》の勉強をした帰りだ。アマンダと会う回数はまた少しずつ増えてきてた。オンマとアパにきかれたときは、図書館に勉強しにいってると答えてた。アマンダとお母さんは、あたしを図書館までおくってきてくれるたびに、まるでここに住んでるみたいねって冗談《じょうだん》をいう。あたしは笑って、だれもいない家にいるよりいいんですっていう。それにテレビがないから気がちらずにすむしって。ふたりとも、わかったわかったというふうにうなずく。

あたしは、アマンダのお母さんに両親のことをたずねられないうちに、あわてて車をおりる。このごろしょっちゅうきかれるようになったから。オンマに、PTAにはいってほしがってるからだ。ほかのお母さん方といっしょにお昼を食べませんかって。あたしはオンマはいそがしいからって答えてるけど、まだきくのをやめない。

車のドアを閉める前に、あたしはなかにかがみこんで、おくってもらったお礼をいう。

「ヤン、いいのよ」ドイルさんはさらっという。「そうだわ、お母さんにきくのを忘れないでね。

来週の土曜日、うちにお昼を食べにいらっしゃいませんかって。毎週末、仕事があるわけじゃないんでしょう？」

あたしは肩《かた》をすくめる。オンマは土曜日の昼間はお休みだ。だけど、オンマに話すつもりはない。あたしはぎこちなくほほ笑んでいう。「きいておきます」

アマンダとお母さんがいってしまうと、あたしは歩いて家に帰る。いつか、アマンダにほんとうに住んでいる場所を教えなきゃいけないだろう。いつか、あたしたちがまだ親友だったら、いわなきゃいけない。

家について、アパがいたからおどろいた。いつもだったらあたしが、図書館からもどったよって声をかけると、オンマがキッチンからでてくるのに。

アパ。あたしはぎくっとしていうと、ドアをうしろ手に閉める。アパはひとつだけまだくびになってない庭師《にわし》の仕事にいってるはずなのに、リビングのまんなかで腰《こし》に手をあてて立ってる。オンマがそっとキッチンからでてくる。あたしはアパとオンマをかわりばんこにみる。

今までどこにいた？　アパがまゆをよせてたずねる。

あたしはゆっくりとバックパックを下におろす。アパのきき方は、すでに答えを知ってるときのものだ。体の内側がぎゅっとちぢこまる。それでもあたしはうそをつきとおす。

図書館で勉強してたんだよ。あたしはそっという。

アパは二歩、大またで歩いてあたしのとなりにくると、あたしの髪《かみ》をつかんでリビングまで引きずっていく。

「アパ！」あたしは悲鳴《ひめい》をあげて、手をふりほどこうとする。

このやろう。アパはうなるようにいう。このうそつきやろう。何様《なにさま》のつもりだ？　しゃあしゃあとうそつきやがって！

アパはあたしをソファに投げつけて、正面に立つ。息をはずませて、鼻の穴《あな》をふくらませて、怒《いか》りでまゆをよせて。

あたしは少しだけ頭を低くして顔《かお》をそらす。アルコールくさい息がかからないように。そして、アパの茶色いベルトのちょうどむこう側にみえるかべの一点に視線《しせん》を集中させて、そこから目をそらさないようにする。

アパは両手を腰にあてる。そして歯ぎしりしながらいう。みたんだぞ。あのアメリカ女といっしょに図書館の前にいるところを、みたんだからな。あのくだらない女と会うことについて、おれがなんていった？

どうして仕事にいかないで図書館にいたのかきいてみようとしたけど、思いとどまってあたしはつぶやく。覚《おぼ》えてない。

バチン！

耳がじんじんする。ほっぺたの感覚《かんかく》がなくなる。

いままで何回おれにうそをついたんだ？　アパはどなりながら、近づいてくる。

あたしは答えない。

バチン。

なぐられた勢いで、あたしはソファの上で横だおしになる。黄色いラグが、顔にあたってひやっとする。目を閉じて、テレビをみながらうたたねしてる最中《さいちゅう》だと思いたい。

うそつきめ。このやろう。アパは低い声でゆっくりいう。かげでこそこそやりやがって。おれのいいつけも守れないのか。

あたしは顔を手でおおって、ソファに横になったままでいる。アパがまたあたしの髪の毛をつかんで引っぱって、むりやりすわらせる。

その女の電話番号を教えろ。アパがうなるようにいう。二度とおまえに近づくなっていってやる。その女の両親に、どんな育て方をしたのかきいてやる。

あたしはさっきの一点をみつけて視線を集中させて、だまってる。

番号をいえ。

いや。

げんこつの雨が、顔に、肩に、頭にふりそそいで、あたしは床《ゆか》に落ちる。両手をすりきれたカーペットに走らせる。あたしはおぼれてるふりをする。海に、底のほうへ連れさられようとしてるとこだと思おうとする。あたしは目を閉じる。もうだれも、あたしにふれることもできない。

殺《ころ》すつもり？　オンマがさけぶ。

下がってろ。アパがどなる。ぜんぶおまえが悪いんだ。おまえのせいで、こんな娘になっちまったじゃねえか。うそばっかりついて、かげでこそこそやりやがって。こいつはおまえにそっくりだ。

アパはあたしのおなかをける。でもほとんど感じない。もう海に運ばれてしまったから。

なによ。オンマがわめく。この役立たず！　ただのごろつきと変わらないじゃない！　子どもたちがどうしていつもあなたからかくれてるか、わかる？

うそつきめ。アパがどなる。

アパのげんこつがやむと、オンマの声が遠ざかっていった。あたしはひじをついてゆっくり体を起こすと、ぼんやり視界《しかい》にはいってきた姿に目をこらす。目をこすって、涙《なみだ》でかすんだ視界をはっきりさせる。オンマがキッチンのほうにあとずさりしていく。アパがあとを追う。

このやろう。ずるいまねしやがって。ぜんぶおまえが悪いんだ。アパがどなる。おまえのせいだ。

役立たず！　オンマがさけぶ。ごろつき！　酔《よ》っぱらい！

キッチンから、悲鳴とさけび声がひびいてくる。おなべが床に落ちたときのガチャンという音をきいて、あたしははっとわれにかえる。起きあがって、両手を耳にあてて、目を閉じる。物がこわれる音が、あたしの体のなかにはいりこんできて、心臓《しんぞう》をドンドンたたく。

やめて。あたしはつぶやきながら、体を前後にゆらす。お願《ねが》い、神さま、やめさせて。お願い。お願い。神さま、やめさせて。神さま。神さま？

ドシンというにぶい音とオンマの悲鳴がして、あたしはお祈《いの》りをやめる。目をあけると、体のどこからか、それに答える悲鳴がわきでてきて、口からもれる。

頭ではなく、体が反応《はんのう》した。あたしは、ひじかけいすのとなりにおいてある電話に突進《とっしん》する。番号を三つ、あんまりいそいで押したから、受話器《じゅわき》を耳にあてる間もなく声がきこえてくる。「こちら９９１番」

体がぶるぶるふるえるから、両手じゃなきゃ受話器を持ってられない。受話器のむこうから女の人の声がひびいてくる。「どうなさいました？」あたしはとっさに電話を切りそうになる。あたし、なにしてるの？　警察《けいさつ》が助けてくれるなんて、本気で思ってるの？　あたしのことを心配《しんぱい》してくれるとでも？　警察は、あたしたちみたいな人のことは助けてくれないはず。息が荒くなってきて、目がかすむ。一瞬《いっしゅん》、まだ受話器を耳にあててることを忘れる。

「もしもし？」女の人の声がする。

やらなきゃ。あたしはいいきかせる。話さなきゃ。オンマを助けなきゃ。でも、できない。あたしは泣きだす。

「もしもし？　もしもし？」

あたし、なにしてるの？　あたしはにぎった受話器をみつめて、床に落とす。ひざをかかえて、体をゆらす。前に、うしろに。前に、うしろに。ハルモニの声がよみがえる。神さまにしかできない。神さまにしかできない。

物がこわれる音とオンマが泣きさけぶ声が、部屋にひびきわたる。あたしは、ももにこぶしを打ちつけて、下くちびるをかむ。だけどあたしはもう、子どもじゃない。神さまを待ってる時間はない。ここにはあたししかいない。やめさせなきゃ。やめさせなきゃ。もうたくさん。

あたしは受話器をつかんで耳にあてる。「お願いします」あたしはつぶやいて、大きく息をすいこむ。「助けにきてください」

「お嬢《じょう》さん、なにがあったんですか」

「父が母を殺しそうなんです」

「おたくは、マデラ大通り、二の七の八の一でよろしいですか？」

どうして知ってるんだろう。でも、助かった。「はい」だけいえばすんだから。あたしは受話器をぴたっと耳に押しあてる。またなにかがこわれる音がひびきわたる。「お願い、お願いです」あたしはささやく。「いそいで」

人生の実

　アパが手錠《てじょう》をかけられて連れていかれると、オンマは警察《けいさつ》まで車をとばした。でも顔があんまり傷だらけでぼこぼこになってたので、おまわりさんにむりやり病院にいかされた。まゆの上を十針《はり》、くちびるのはしを二針ぬってもらい、あばら骨をテーピングされたあとも、オンマは告訴《こくそ》しようとしなかった。「わたし夫《マイ・ハ・ズ・バン》」オンマはおまわりさんにいった。あたしはオンマのとなりで通訳《つうやく》する。あたしの声がうわずったのはいちどだけ、おまわりさんにあなたもなぐられたことがありますかってきかれたとき。あたしたちは、明日またくるようにいわれた。ひと晩、アパを拘留《こうりゅう》しなきゃいけないからって。

　つぎの朝、オンマとあたしは警察の前で車をとめて待っていた。オンマが、アパがでてくるのをみてクラクションを鳴らす。アパは、こっちにはほとんど目もくれない。アパの視線《しせん》はあたしたちの前をすどおりして、車のうしろのある一点でとまる。あたしたちのほんの三メートルくらいうしろにとまってた青いセダンが、エンジンをスタートさせ、さっと追いこしていく。ほんの一瞬《いっしゅん》だったけど、運転席《うんてんせき》にアジア人の女性がすわってるのはわかった。その人が縁石《ふちいし》のところで車をとめると、アパはさっさと助手席《じょしゅせき》側に近づいていく。アパが車にのりこむ。ふたりは走りさる。

　オンマは、セダンが角をまがってみえなくなるまでみまもっていた。空っぽになった道をそのましばらくみつめていたけど、やっとエンジンをかける。ステーションワゴンがぶるんぶるんいう。だけどアクセルはふまずに、オンマは荒れた両手でハンドルをしっかりにぎりしめ、道路をじっとみつめたまま、あたしにいう。あなたのせいよ。

　それから数週間、数か月と、ぼうっとしたまますぎていった。オンマはめったに家に帰ってこない。仕事を三つかけもちしてて、夜明け前の朝露《あさつゆ》がおりる数時間しか眠らない。どんどんやせほそってきて、毎晩ごはんを山もりにしたお茶わんを流し台の上においとくのに、次の日の朝、そのまま手つかずになっている。あたしはお茶わんのなかみをおかまにもどして、ふたをする。

　教会《きょうかい》にいく時間もなくなった。学校が夏休みにはいると、ティムおじさんは、海岸にだした小さいアイスクリーム屋さんの人手が足りないとみえみえのうそをついて、ジュンとあたしに手つだってほしいといってきた。ジュンは朝からずっと、友だちといろいろ計画してたのにってもんくをいってたけど、ティムおじさんがむかえにくるときにはしたくをおえてた。

　お店のなかには三人いられるスペースがなかったから、ジュンは外にでて、いくらはいてもなくならない歩道の砂をはく。あたしのほうは、店のなかでワッフル生地《きじ》を型に流しこんで、指をやけどしそうになりながらアイスクリームコーンをつくる。ティムおじさんがお客をさばく。一日のおわりにティムおじさんが三十ドルずつくれて、助かったよっていってくれる。あたしたちはお礼をいってお金をポケットにいれる。家につくと、ジュンは自分のぶんから二十ドルわたしてくれる。あたしは自分のと合わせたお金で一週間ぶんの食料品をまとめ買いする。

この数か月、あたしの心が安らぐのは、夕はん用のお米をといでいるときだけだった。あたしの日課。お米をいれたおかまに水をくわえて、手首のあたりで米粒《こめつぶ》を押す。ざくざく、ぐるぐる、ざくざく、ぐるぐる。すぐに、白くにごったお米の粉がとけだして、水が不透明《ふとうめい》になる。米粒がみえなくなる。一瞬《いっしゅん》、おかまのなかにあるのはにごった水だけみたいにみえる。だけど白い水の下に手をいれてかきまわしてみると、たしかにある。小さい実が、といでもらって、真珠《しんじゅ》のかたまりみたいにその姿をあらわすのを待っている。

ある日の午後、お米をとぎながら、白くにごった水のなかに手をしずめたりだしたりしていたら、玄関《げんかん》のドアが開く音がした。みると、オンマがキッチンのいり口に立っている。

オンマ。あたしは思わず大声をだす。こんなにはやく帰ってくるなんて。だいたい、家に帰ってくること自体《じたい》びっくり。レストランの仕事はどうしたの？　あたしはたずねる。

休憩《きゅうけい》よ。オンマはいうと、近づいてきてとなりに立つ。そしてあたしがお米をといでるのをみまもる。近くでじろじろみられて、あたしは手が少しふるえる。

お米のとぎ方なんか、いつおぼえたの？　オンマがたずねる。

あたしは肩《かた》をすくめて、白くにごった水をすてる。オンマがやってるのをさんざんみてきたから。あたしは答える。

きっとわたしも、そうやっておぼえたのね。わたしのオンマがやってるのをみて。

あたしは水が透明になるまでといだ。小さい米粒は、すんだ冷たい水のなか。オンマはあたしが両手に持っているおかまをとって、ぬれた底をふいて、炊飯器《すいはんき》にいれる。

上手にとげたわね、ヨンジュ。オンマがいう。

あたしは顔をそむける。ぱちぱちまばたきしながら遠くのかべをみつめて、涙《なみだ》がこぼれないようにする。オンマに話しかけられたのなんか、ずいぶんひさしぶり。

ヨンジュ。

あたしはオンマのほうをみようとしない。オンマがあたしの肩に手をおく。

ヨンジュ。オンマがまたいう。

「なに」あたしはそっけない返事《へんじ》をする。まだオンマと目を合わせられない。

コモが今日レストランにきたの。オンマは早口でいう。伝言《でんごん》を持ってきてくれたのよ。アパがハングクに帰るんですって。

あたしはオンマの顔をみる。オンマがそれをきいてどう思ったのか、知りたくて。こんどはオンマがあたしの視線《しせん》をさける番だ。

オンマは不安そうにほっぺたをさすりながらいう。わたしたちがいっしょに帰りたいなら、コモがお金を借りてくれるって。

あたしはごくりと息《いき》をのみこむ。

オンマはあたしをちらっとみる。あたしは首を横にふって、流し台をぬれふきんでふきはじめる。あたしはいかない。心のなかでいう。あたしは、アマンダとでもいっしょに暮らす。どうにかする。涙が流し台の上に落ちて、すかさずふきんでふきとる。

オンマがあたしの手からふきんをとる。あたしの顔に手をのばしてきて、やさしく自分のほうをむかせる。オンマと目が合う。オンマの顔は、鏡に映ったあたしの顔みたい。

ヨンジュ、どうかわかってちょうだい。ここ数か月、ずっとつらかった。今日まで、あなたにかけることばがみつからなかったの。わたしは、まちがっていたわ。自分が悪いのを、あなたのせいにした。オンマは首を横にふる。わたしを助けようとしてくれたあなたを責めたのよ。

あたしは手をのばしてオンマにふれたかった。肩に頭をのせたかった。だけど、そのまま立っていた。腕《うで》を胸《むね》の前で組んで。

オンマはいう。こんどはわたしがあなたにとって正しいことをする番だわ。ううん、わたしたちみんなにとって。コモにいったの。自分たちのことは自分たちでやるって。わたしは、わたしの強い子どもたちといっしょに、アパなしでちゃんとやっていくって。

あたしはくちびるをぎゅっとすぼめて、息をとめようとする。だけど、涙がでてきてしまう。あたしはうつむいて、涙が床《ゆか》に落ちるままにする。

オンマが、あたしのひたいを、ほっぺたをなでる。あたしの髪《かみ》を耳のうしろにたくしこむ。小さいときよくしてくれたみたいに。あたしは腕をオンマにまわして、頭を肩の上にのせる。

オンマがつぶやく。あなたはわたしの強い娘。

夢みる家族

芝生《しばふ》はとてもせまくて、大またで歩けば四歩ではしからはしまでいけてしまう。でも、かまわない。これはあたしたちのもの。あたしは裸足《はだし》で、明るい緑の芝の上をいったりきたりしながら深《しん》呼吸《こきゅう》する。つま先で、とがった葉の先をつかんで、足の裏で、土のしめった感じとやわらかさを楽しむ。ぜんぶ、あたしたちのもの。

ヨンジュ。オンマがベッドルームの窓からよぶ。もうなかにはいりなさい。またあとでみればいいでしょう。オンマはにっこり笑いかけながら首をふる。中身をださなきゃいけない箱がまだたくさんあるし、家じゅうをみてまわって感心したりそうじをしたりするのもこれからなのに、この芝生はいくらみてもみあきない。

あたしは目の上に手をかざして強い日ざしをさえぎって、こんどこそ我が家とよべる家のほうをむく。ふしぎなことに、この家は韓国《かんこく》で住んでいた家とそっくり。同じようにずんぐりとした四角い形で、屋根が低くて、卵を産もうとしてるめん鳥みたい。だからきっと、オンマもあたしも、みた瞬間《しゅんかん》ここにしようと決めたんだと思う。それと、もうひとつ。車回しからみえる裏庭の、小さくてほそい葉がぎっしりはえてる芝生。この家は、近所でいちばんというわけでも、丘の上にあるわけでもない。ペンキをぬりなおさなきゃいけないし、窓や屋根に手をいれなきゃいけない。それでも、いままでの家よりいい。いままでずっと住んでいた家より。アパといっしょに。

なんだか不公平に思えるくらいだ。あたしは半月後には大学にいくから、ここをでて寮《りょう》にはいらなきゃいけない。お湯がでてくるのにどれくらいかかるかとか、雨の夜にはどんな音がするかとか、おぼえる間もない。芝生がのびてきてぼうぼうになったときに刈りそろえるチャンスもない。この家のことがほんとうにわかるようになる前に、でていかなきゃいけない。だけど、オンマとジュンがこの家を愛してくれるだろう。寝ぼけたままでもトイレにいけるくらいこの家になじむだろう。あたしはしゃがんで、芝生に指を走らせる。そう、それに休暇《きゅうか》でもどってきたらいつでもこの芝生をさわれる。

日ざしの強いおもてから家のなかにはいってくると、ひやっとする。ジュンの部屋から、ギターのメロディが大きくきこえてくるのにまざって、ドンドンという音がする。釘をうって、かべに自分のかいた絵をかけているらしい。前にオンマとあたしで、ジュンの誕生日《たんじょうび》に額《がく》をいくつかプレゼントした。ジュンはあたしに、一枚大学に持っていっていいよといってくれた。キッチンの床《ゆか》にはお皿やおなべがはいった箱がちらかってるけど、タイルの流し台と食器棚《しょっきだな》からはウィンデックス液と漂白剤《ひょうはくざい》のにおいがぷんぷんしてくる。オンマが前もってそうじしにきたからだ。

あたしが家にいるときはオンマといっしょの部屋で寝《ね》なきゃいけないけど、それでも前のアパートよりここのほうが大きい。ダイニングルームとはべつにリビングがあって、オンマはそんなこと思いもよらなかったらしい。コモとティムおじさんのとこでさえ、ひとつの大きい部屋のはしとはしに、ダイニングテーブルとソファがそれぞれおいてあるんだから。ダイニングルームには荷物《にもつ》の箱はおいてない。床はかたい木で、天井《てんじょう》のまんなかには細かいダイアモンド形のもようがある。さいしょに家をみにきたとき、オンマはそのもようをまじまじとみつめていた。いったいなんのためにあるんだろうって。不動産屋《ふどうさんや》さんが、古い家にはこういったすばらしい細工がしてあることがあるんですって教えてくれた。そしてダイアモンド形のまんなかを指さしていった。「あそこからシャンデリアをつるすんですよ」いまのオンマの夢は、ケーリー・グラントとグレース・ケリーの古い映画にでてくるようなダイニングテーブルとシャンデリアを買うことだ。

あの古いソファはまだある。だけど、タバコの焼けこげをかくすラグは、あたらしい青いのになった。オンマはお金がたまったら、あたらしいソファをさがすといっている。今回この家を買うためには、貯金《ちょきん》をぜんぶつぎこんでも足りなかった。オンマはコモがあたらしく開いたクリーニング屋さんではたらき、ジュンは放課後《ほうかご》コピー屋さんの〈キンコーズ〉でバイトをして、あたしは家庭《かてい》教師《きょうし》をして、みんなでお金をためた。それだけじゃなくて、ティムおじさんとコモからお金を借りた。オンマはとてもうけとれないといいはったけど、コモが、家族じゃないのっていってくれて、ようやく納得《なっとく》した。

だけど、それだけの価値はある。じゅうぶんにある。幸運にもあたしは奨学金《しょうがくきん》をもらえたので、オンマに学費《がくひ》の心配をかけずにすんだ。あたしは空《から》っぽのダイニングルームじゅうをくるくる回りながら、ふたたび空を飛ぶことを思う。高く、高く、高く。あたしはくるくる、くるくる、めまいがするまで回る。家をでると思うたびに、オンマやジュンと別れると思うたびにはいりこんでくる不安を頭のなかから追いだすために。もし大学生活が好きになれなかったらどうすればいい？ 宇宙人みたいにひとりだけういちゃったら？ 大学が期待《きたい》はずれだったら？

あたしは回転をとめる。さっさとかたづけなきゃ。自分にいいきかせる。いそがしくしてよう。玄関《げんかん》の近くにおいてある、横に韓国語《かんこくご》が書いてある箱をいくつか持って、読んでもらうためにオンマのところに持っていく。みおぼえがある文字はいくつかあるけど、韓国語の読み書きをならったことはいちどもない。

オンマ。あたしはオンマに文字がみえるように箱のむきを変えてたずねる。これ、どこにおけばいい？

オンマはベッドの上にすわって、あたしの服をきちんとたたんで、共同で使うたんすにいれようとしていた。顔《かお》をあげて、目をほそめて文字を読む。ここでいいわ。

あたしは箱をオンマの前において、ベッドに腰《こし》かける。オンマは小さめの箱のテープをはがしてあける。あたしは、なにがはいってるんだろうとのぞきこむ。

写真だ。古い白黒の写真がたくさん。あたしは目をうたがった。箱にはいっているのは、ひと山の大切《たいせつ》な昔の思い出。

オンマ！　声がうわずる。これ、どうしたの？

オンマは、くちびるの両はしをちょこっとあげただけ。それがいまのところせいいっぱいの答え。まるで悲しんでるみたいな顔をしてる。そして、男の子と少し年上の女の子がおそろいの青い服を着てうつってる写真を手にとる。

オンマは九歳か十歳くらいのその女の子を指さす。わたしよ。

あたしはオンマの手から写真をとる。これが？　あたしは女の子の顔をまじまじとみつめる。オンマと同じ、まじめそうな顔つき、少しだけよせたまゆ、きゅっとひきしめたくちびる、高く飛びでたほお骨。あたしはにっこりする。オンマは、このころからしっかりした子だったんだな。

こっちは？　あたしは男の子を指さしてたずねる。

弟よ。あなたのおじさんの、ソンワンジュ。オンマはもうべつの写真に手をのばしながら答える。

その男の子は、舌《した》がみえるくらい大きく口をあけて笑ってる。どうしていままで、オンマに弟がいるってきいたことがなかったんだろう？　それに写真をみせてもらったこともない。うっすらと、オンマの両親のところにいったときのことを思いだす。だけど、ふたりの顔やそのときの細かいことは、記憶《きおく》のなかでぼんやりかすんでいる。そういえば、オンマの家族に関することは、あたしのなかからぜんぶぬけおちてるんだ。

オンマ、どうしていままで自分の家族の話をしてくれなかったの?

オンマはあたしにべつの写真をわたす。こんどはすぐにオンマだとわかる。十代になってる。でも弟のほうが背が高い。オンマのお父さんより背が高い。ジュンと同じくらい。家族四人は、よそいきの服を着てる。オンマとお母さんはヒールの低いパンプスをはいて、黒いワンピースに、襟《えり》に毛皮がついたウールのロングコートを着てる。お父さんと弟はスーツにネクタイ姿。背景《はいけい》はいなかだけど、どうみても裕福《ゆうふく》そうだ。

あたしはオンマの肩をつかむ。どうしていままでこういう写真をみせてくれなかったの?

するとオンマは写真をみるのをやめる。ため息をついて、だらっと体の力をぬく。おだんごにまとめたところから、髪《かみ》がほつれる。そして箱にむかって手をひらひらさせながらいう。この写真をみるのはつらいから。

どういうこと?

どうしたってハングクのことを思いだしちゃうもの。わたしの家族のことを。恋しくなっちゃうでしょう。

ジュンとあたしにはみせてくれてもよかったのに。

オンマは横目であたしをちらっとみる。わたしがこれをまだ持ってるって知ったら、アパが気を悪くしたでしょうし。

どうして？

オンマはにっこりしていう。ヨンジュはあいかわらず、どうしてばっかりね。

あたしは肩をすくめる。

それはね……オンマはいいながらあたしの手をさする。アパが、わたしがどんな家で生まれたか思いだすのをいやがっていたからよ。

あたしはオンマと家族の写真をゆっくりと持ちあげる。お金持ちだったから、でしょ。

オンマは自分の両手をじっとみつめる。あたしたちはしばらくだまってすわっている。そのうちオンマがまた箱のなかに手をのばしてべつの写真をとりだす。

これはあなたが持ってなさい。

あたしは写真をうけとる。小さい女の子を肩車《かたぐるま》している若い男の人と、その横に立っている女の人。背景には、広々とした海岸と波がうつってる。

これもオンマの小さいとき？

ちがうわ、ヨンジュ。もういちどみてごらんなさい。

こんどは男の人をじっくりみてみる。鼻筋《はなすじ》がとおってて、にこにこしてるから目じりにしわがよっている。ひなたぼっこしてる眠そうなネコみたいな目。ひたいのところからつんつん立った髪。

それから、小さい女の子をみる。カメラのほうをむいてない。首を少しかしげて、波をながめてる。

女の人は男の人にむかってにっこりしてる。

あたしはおずおずと小さい女の子を指さす。これ、あたしだ。

オンマは男の人と女の人を指さす。そして、アパとわたし。オンマはそっという。おぼえてるかぎりでは、いちばんよかったころね。

あたしは記憶をさぐる。思いだそうとする。この波……。オンマ！　あたしはさけぶ。思い出があふれてきて口からほとばしりでる。この日、あたしに波のとびこし方を教えてくれたでしょ？

オンマはまゆをよせて、かすかに首を横にふる。

じゃ、ハルモニ？　そういえばハルモニは、海が大好きだったよね。

オンマはあたしのほうにかがみこむ。あれはアパよ、ヨンジュ。

あたしは顔をしかめる。アパが？

アパは波が大好きだったわ。いまでもおぼえてる……あのときあなたが海のなかにはいっていくのをみて、わたしは心配《しんぱい》でしょうがなかった。だけどアパはあの日、どうやったのかあなたに勇気《ゆうき》をだすことを教えた。それからあなたはすっかり波が気にいっちゃって。いつまでも海からあがりたがらなかったわ。

アパ？

あなたたちふたりときたら、空想《くうそう》ばかりして！　イルカのふりをしたかと思えば、次はアザラシ。それから遠くの海まで旅する船。オンマはふいにあたしから目をそらして、あたしたちのあたらしい家の窓から外をながめる。少ししてオンマはいう。あのころのアパは、まったくいまとはちがってたわ。

あたしは、写真にうつっている三人の顔を指先でなぞる。あたしをぎゅっと抱いて勇気をだせって教えてくれたときのアパの腕《うで》の感覚《かんかく》は、ほとんど思いだせない。どんなに波がこわかったかも、そのむこうになにがあるのかおそろしかったことも。

これは持っていきなさい。オンマがあたしの肩のむこうをみつめながらいう。大学に持っていけば、どうしたら勇気がでるかいつでも思いだせるわ。オンマは一瞬《いっしゅん》、写真のはしっこをつまんで、手をはなす。そしてまた、顔を窓のほうにむける。窓の外をじっとみつめながら、そっという。それから忘れちゃだめよ、ヨンジュ、あなたは夢みる家族の子なのよ。

あたしは写真を胸に抱く。

あたしは海のあわ。ぷかぷか、ぷかぷか、浮かんでる。夢のなかで。

エピローグ――手

オンマの手は砂のようにざらざらしている。ずっとこうだった。わたしとジュンが小さかったときでさえも。朝、オンマのざらざらした手は、わたしたちの眠《ねむ》っている顔をなでてくれた。わたしたちのひたいやほっぺたをさすりながら、オンマはやさしくいった。起きなさい。学校にいく時間よ。

仕事のとき、オンマの手は昼休みのベルが鳴るまでに何百本ものジーンズをぬい、午後はそれ以上の数のジーンズを箱づめした。それからオンマは〈ジョニーズ・ステーキ・ハウス〉の夜の仕事にむかった。オンマの手は、ミディアムレアのステーキと横にそえるベイクド・ポテトを、いつもおなかをすかせていそいでるお客さんのために、きっかり十分で焼く方法を知っていた。

オンマの手は、わたしたちが食べた夕ごはんのお皿を洗い、キッチンの床《ゆか》をぞうきんがけし、せんたく物を何枚もたたんだ。お古のワンピースのすそを、ほとんど線がわからないくらい細かいぬい目であげてくれた。日曜日も、聖書《せいしょ》を持ち、礼拝《れいはい》のあとドーナツとコーヒーをだした。オンマの手はめったに休まなかった。

だけどときどき、そんなにしょっちゅうではないけど、それに、オンマがくたくたでひたすらぼんやりした枕の感触《かんしょく》を求めてるときをのぞいてだけど、ほんのときたま、オンマの手はなにもにぎっていないことがあった。カーペットの上の、広々とした海みたいに明るい日なたで脚《あし》を交差《こうさ》させて、オンマは指を広げてすわった。手のひらを上にむけて。ハチに蜜《みつ》をすわせてあげる花のように。そんなときジュンとわたしは、走っていってオンマの両どなりにすわった。オンマはわたしたちの小さい手をにぎって、いった。わたしは手のひらの線にかいてあることがわかるのよ。

ヨンジュ、ほら。あなたの頭脳線《ずのうせん》、くっきりしてるでしょ。いつかきっと、あなたはお医者さんになるわ。オンマはネコの舌《した》みたいにざらざらした指でその線をなぞった。手首のあたりから中指のつけ根までオンマの指が動くと、むずむずした。

ジュンはわたしの手を押しのけて、自分も手相をみてもらおうと手をだした。オンマ、ぼくの頭脳線もみて。

こんな赤ちゃんみたいな手に線があるのかしら？　みせてごらんなさい。オンマはいって、ジュンの手のひらを顔に近づけた。そしてしばらくみつめてから、いきなり手のひらのまんなかにキスした。ピチャッ。雨が水たまりに落ちました。

ジュンはくっくっ笑って、足をばたばたさせた。オンマ、これは？　この線のことを話して。ジュンはいって、手のひらの一本の線を指さす。長生きして子どもをたくさんもうけて、仕事でも成功するって前にいわれた線だ。

前にきいた話でもかまわなかった。何度きいても、目ざめたくない夢をみさせてくれる子守歌みたいにきこえた。わたしたちは手をのばした。いつでも手をのばして、オンマのサンドペーパーみたいな手にさわった。

オンマは、この手はわたしの人生だといっていた。だけど子どもたちには、手にはいつでも本を持っていてほしい、といった。ここを使わなきゃ。オンマはそういって頭を指さした。オンマの手は、わたしたちの手が自分に似ないようにするために、必死《ひっし》ではたらいていた。

わたしたちの爪《つめ》を、指の関節《かんせつ》を、手のひらを、ちらっとでもみればすぐに、オンマの努力がむだではなかったのがわかる。ジュンもわたしも、オンマと同じほそい指を持ってるけど、そこには、肉体労働《にくたいろうどう》で何年も酷使《こくし》してきたせいでできた黄色くてかたいたこはない。わたしたちの手は、本のページをめくったり、キーボードのキーをたたいたり、えんぴつやペンを持つ。しなやかでやわらかい。夢を実現させる手。

いまこうしてオンマとならんで歩きながら、オンマにしっかり手をにぎられていると、わたしたちが子どものころオンマの手にあった強さが衰《おとろ》えはじめているのがわかる。わたしはオンマの手を両手でつつんで指を開き、オンマの手のひらの線が空に話しかけられるようにする。オンマの手のひらの線は、長い人生を語っている。どの線が生まれつきのもので、どの線が数えきれないほどの仕事のせいでついたものか、よその人にはわからないかもしれないけど、わたしにはわかる。

わたしはオンマの親指にくっきりと刻《きざ》まれた小さいしわをなぞる。これは、オンマが若いころに韓国《かんこく》の海岸で魚をとったり干《ほ》したりしてついた線。あたしはべつの線をたどって、人さし指のつけ根に深い溝《みぞ》があるのをみつける。すぐに、においがよみがえる。煙がもうもうたちこめるキッチン。夕ごはんのために高速をでたばかりのお客さんでいっぱいのステーキハウスのキッチンのにおい。

あんまりいそがしかったから。オンマはそういいわけしながら、手に巻いたレイノルズのラップをほどいて、切り傷の上にはった血がにじんだナプキンをはがそうとしていた。その古傷《ふるきず》は、白くもりあがって、いまでもナイフのするどいキスの味をおぼえている。

わたしはオンマの指先をなでる。肌《はだ》がささくれてる。服をドライクリーニングして、シャツをアイロンがけして、オンマがよくいっていたように「のりをどさどさ使って」、からからに乾《かわ》いた指。十一年間、毎日少しずつうばわれていったうるおいを求めるかのようにささくれ立っている。

手のひらのまんなかのほうは、しわがさらにくっきりきざまれている。金運線《きんうんせん》は、魚の口にひっかかってていた針がささったときの傷でとちゅうでぷつんととぎれてるけど、生命線《せいめいせん》は長くてりっぱだ。結婚線《けっこんせん》はうすくて、ひびわれが十字に交差《こうさ》して、だんだんぼやけて消えている。オンマの手は、たくさんの苦労をたえぬいてきた。髪《かみ》は、つい最近白くなりはじめたばかりだけれど。

わたしは歴史を感じさせるこの線をじっくりながめながら、消してしまいたいと願う。やけどのあとを、切り傷をなくして、ひび割れを埋《う》めてしまいたい。わたしはオンマの両手を、自分のやわらかい手につつみこむ。ぎゅっとにぎりしめる。本のように。手と手をシャム双生児《そうせいじ》のように合わせて祈《いの》る。わたしはオンマにいう。この傷を消してしまえたらいいのに。

オンマはそっと手を引きぬく。一瞬《いっしゅん》、自分のかたくなった皮ふをみつめてから、きっぱりという。ヨンジュ、これがわたしの手なのよ。オンマはわたしの長くてまっすぐな黒髪を耳のうしろにたくしこんで、腕《うで》をわたしの腰《こし》にまわす。わたしたちはそのまま、海岸を散歩しつづける。

訳者あとがき

もう一歩だったのに。

そういわれるとき、それはたいていなぐさめのことばで、たしかにそのとおりなのですが、いわれた当人にしてみたら気休めにもならないことがあります。その一歩はあまりにも大きくて、それこそ天と地との差ほどあるのです。

四歳のヨンジュは、天国だと思いこんでアメリカにやってきます。かんちがいだったと知ってショックを受けるヨンジュに、アメリカ人のおじさん《サンチュン》は、天国じゃないけど“A Step from Heaven”（原書タイトル、直訳すると天国の一段下）だといってなぐさめるのですが、そこからヨンジュの挫折《ざせつ》ははじまります。はじめは有頂天《うちょうてん》だった父《アパ》と母《オンマ》も、だんだん夢と現実の差を思い知るのです。家族それぞれのやり場のない悲しみ、怒りが、四歳から大学入学までのヨンジュの目をとおして描き出され、こちらの胸にしんとつたわってきます。同じアジアの人間として共感できる部分もあれば、儒教《じゅきょう》の精神が色濃《こ》い韓《かん》国《こく》と日本とのちがいも改めて感じます。

貧しさ、習慣やことばの壁、父の暴力……と、暗い要素が多いこの物語は、しかし明るい光に満ちています。幼いころのヨンジュがとても無邪気《むじゃき》でかわいらしいからでもありますが、なによりも人間のやさしさがあふれているからだと思います。ヨンジュの一家がそれぞれの悩みや悲しみにまぎれて、つい大事なものをみうしなってしまいそうになったように、気をつけていないと「人生の実《み》」をみうしないそうになるときがあります。それでも、幼いころ背中をさすってくれた祖母《ハルモニ》の手のぬくもりがいつまでも消えないように、だれかにやさしくされた思い出というのは、いつまでも心に残るものです。この物語には、いろんな形をしたやさしさがちりばめられています。

表記について少々説明をしておきますと、韓国語がたくさんでてきますが、日本語に訳さずにそのまま発音をカタカナで記してあります。英語でされた会話はカギカッコでくくってありますが、韓国語の会話は原文どおり地の文のままになっています。前後関係でわかりにくいものだけ意味をあげておくと、「ハナ、トゥル、セッ、ネッ」は「いち、に、さん、し」、「コチュ」は「トウガラシ」、「デッス」は「降参《こうさん》」、「アイグ」は、しまったと思ったときや哀しいときの感嘆詞《かんたんし》です。

この物語は、作者の実際の半生にもとづく小説です。はじめて出版したこの作品が、二〇〇二年の全米図書賞の最終候補作となり、さらに、すぐれたヤングアダルト小説におくられる全米図書館協会プリンツ賞に輝いています。

最後になりましたが、この本を翻訳するにあたっては、ほんとうにたくさんの方々のお世話になりました。訳稿《やくこう》をていねいに読みこんで適切なアドバイスをくださった白水社の平田紀之さん、韓国語の読みをはじめ発音に関する相談にのってくださった方々、そして質問にこころよく答えてくださった作者のアン・ナさんに、心からお礼を申し上げます。

たくさんの方々が、人生の実を再発見できますように。

二〇〇二年　八月

代田亜香子

著者紹介

アン・ナは韓国で生まれ、カリフォルニア州サンディエゴで育つ。アマースト・カレッジを卒業後、ノーウィッチ大学で美学修士号取得。現在はカリフォルニアとヴァーモントに居住。本書は彼女の処女小説。

装丁　岡本洋平

訳者略歴
立教大学英米文学科卒
主要訳書
『スチュアート・リトル』(青山出版社)
『スクランブル・マインド』(共訳)(あかね書房)
『屋根にのぼって』(白水社)
『家なき鳥』(白水社)

天国までもう一歩

二〇〇二年八月一五日 印刷
二〇〇二年八月三〇日 発行

訳者© 代《だい》田《た》亜《あ》香《か》子《こ》
発行者 川村雅之
印刷所 株式会社 理想社
発行所 株式会社 白水社

東京都千代田区神田小川町三の二四
電話 営業部〇三(三二九一)七八一一
　　 編集部〇三(三二九一)七八二一
振替 〇〇一九〇-五-三三二二八
郵便番号一〇一-〇〇五二
http://www.hakusuisha.co.jp
乱丁・落丁本は送料小社負担にてお取り替えいたします。

松岳社(株)青木製本所

ISBN4-560-04751-0

Printed in Japan